Wilhelm Fischer

Der Bote im altfranzösischen Epos

Wilhelm Fischer

Der Bote im altfranzösischen Epos

ISBN/EAN: 9783741124143

Hergestellt in Europa, USA, Kanada, Australien, Japan

Cover: Foto ©Andreas Hilbeck / pixelio.de

Manufactured and distributed by brebook publishing software
(www.brebook.com)

Wilhelm Fischer

Der Bote im altfranzösischen Epos

Der
Bote im altfranzösischen Epos.

INAUGURAL-DISSERTATION

zur

Erlangung der Doctorwürde

bei

hoher philosophischer Fakultät zu Marburg

eingereicht von

Wilhelm Fischer

aus Bischofsheim (bei Mainz).

Herrn

Professor Dr. Edmund Stengel

in dankbarer Verehrung

gewidmet.

Einleitung.

Das altfranzösische Volksepos ist seines reichen In-
haltes wegen geeignet, uns manchen Aufschluss über die
Kulturgeschichte des Mittelalters zu geben. Es hat daher
in dieser Hinsicht neuerdings verschiedene Bearbeitungen
erfahren, so über die Frau, den Verräther, den Klerus, die
Thiere, die täglichen Lebensgewohnheiten u. a. m. Zu den
scharf ausgeprägten Charakteren des altfranzösischen Volksepos lässt sich nun unbestreitbar auch der Bote rechnen, spielt
er doch in einigen chansons de geste, wie Huon de Bordeaux, Otinel, Aiol geradezu die Hauptrolle. Da diese Figur
und die Rolle, welche ihr zufällt, bis jetzt noch nicht Gegen-
stand einer Specialuntersuchung geworden ist, so habe ich
mir in vorliegender Arbeit die Aufgabe gestellt, näher
darauf einzugehen. Ich hoffe damit einen dankenswerthen
Beitrag zur Kritik des altfranzösischen Epos zu liefern, der
ausserdem auch für die Kulturgeschichte des Mittelalters
von Interesse sein dürfte, denn es lassen sich eine Menge
von kulturgeschichtlichen Fragen in Bezug auf den Boten
jener Zeit aufwerfen, und es wird nun die Sache eines Histo-
rikers sein, das von mir beigebrachte Material für Beant-
wortung dieser Fragen auf seine Glaubwürdigkeit hin zu
prüfen und neben anderen aus historischen Quellen geschöpften
zu verwerthen.

Sehr ergiebig für meine Untersuchung fand ich Renaut
de Montauban, Chevalerie Ogier, Enfances Ogier, la Chanson
de Roland, Raoul de Cambray und die Lothringer.

6

Ausser Schulz „höfisches Leben zur Zeit der Minne-
sänger", Bangert „die Tiere im altfranzösischen Epos", so-
wie „la chevalerie" und „les épopées françaises" von Gautier
standen mir keine anderen Arbeiten zur Verfügung, die für
mich hätten von Werth sein können.

Als Quellen dienten mir:

A. B.: Le roman d'Aubery le Bourgoing p. p. P. Tarbé. Reims 1849.
A. B. Romv.: Das Bruchstück von Auberi in Kellers Romvart S. 203—243.
Agol.: Agolant Bruchstücke in Bekkers Fierabras.
Aiol: Aiol et Mirabel her. von W. Förster. Heilbronn 1876.
Alisc.: Aliscans p. p. Guessard et A de Montaiglon. Paris 1870.
Amis: Amis et Amiles her. von C. Hofmann. Erlangen 1852.
Asp.: Die Bruchstücke von Aspremont in Bekkers Fierabras u. Altfr.
    Romane d. S. Marcus Bibl.
Asp. Romv.: Die Bruchstücke von Apremont in Kellers Romvart S. 1—11,
    26—27, 158—178.
Aye: Aye d'Avignon p. p. F. Guessard et P. Meyer. Paris 1861.
Aym.: Aymeri de Noirbone. Bruchstück her. von A. Kressner in Herrigs,
    Archiv Bd. 56 S. 11—50.
B. B.: Li Bastars de Buillon p. p. A. Scheler. Bruxelles 1877.
B. C.: Bueves de Commarchis p. p. A. Scheler. Bruxelles 1874.
Berta: Berta de li gran pie p. p. A. Mussafia. Romania III p. 339—64,
    IV p. 91—107.
Berte: Berte aus grans piés p. p. A. Scheler. Bruxelles 1874.
Ch. N.: Li Charrois de Nymes p. p. Jonckbloet. La Haye 1854 (Guill.
    d'Or. II.)
Ch. Og.: La Chevalerie Ogier de Danemarche (p. p. Barrois). Paris 1842.
C. L.: Li Coronemens Looys p. p. Jonckbloet. La Haye 1854. (Guill. d'Or. I.)
C. V.: Li Covenans Vivien p. p. Jonckbloet. La Haye 1854. (Guill. d'Or. IV.)
D. M.: Doon de Maience p. p. A. Pey. Paris 1859.
D. R.: La Destruction de Rome p. p. G. Gröber (Romania II. p. 1—48).
Elie: Elie de Saint Gille, her. von W. Förster. Heilbronn 1876.
Enf. Og.: Les Enfances Ogier p. p. A. Scheler. Bruxelles 1874.
F. C. Le Roman de Foulque de Candie p. p. P. Tarbé. Reims 1860.
Fier: Tierabras p. p. A. Kroeber et G. Servois. Paris 1860.
Flov.: Floovant p. p. H. Michelant et F. Guessard. Paris 1858.
Gaufr.: Gaufrey p. p. F. Guessard et P. Chabaille. Paris 1859.
Gayd.: Gaydon p. p. F. Guessard et S. Luce. Paris 1862.
G. Bourg.: Gui de Bourgogne p. p. F. Guessard et H. Michelant. Paris 1858.

G. M.: Garin de Monglane. Ms. fonds franç. 24403 Bibl. nat. (Abschrift
    von H. Müller.)
G. l. L.: Garin le Loherain p. p. P. Paris.
G. N.: Gui de Nanteuil p. p. P. Meyer. Paris 1861.
Gorm.: Gormund et Isembard, Fragment her. von R. Heiligbrodt. (Rom
    Studien V S. 1—193.)
G. R. F.: Girart de Rossillon. her. v. W. Förster. (Rom. Studien V S. 1—193.
G. R. M.: Gérard de Rossillon p. p. Fr. Michel. Paris 1856.
G. V.: Girars de Viane, Bruchstücke in Bekkers Gierabras.
Huon: Huon de Bordeaux p. p. F. Guessard et C. Grandmaison. Paris 1860.
H. C.: Hugues Capet p. p. M. le Marquis de la Grange. Paris 1864.
H. M.: Herbis de Mes. Ms. T. Abschrift von Hub.
Horn: Das anglon. Lied vom wackeren Ritter Horn. her. von R. Brede
    und E. Stengel. Marburg 1883.
J. B.: Jourdains da Blaivies, her. v. C. Hofmann. Erlangen 1852.
Jer.: La Conquête de Jérusalem, p. p. C. Hippeau. Paris 1868.
Lothr.: Die Lothringer. Arsenal-Hs 180, cop. von B. Naumann.
Mac.: Macaire p. p. F. Guessard. Paris 1866.
M. Aim.: Bruchstück der Chanson de la Mort Aimeri de Narbonne, her.
    von E. Stengel. (Zeitschr. für rom. Philologie VI S. 397—403.)
Ot.: Otinel p. p. Guessard et Michelant. Paris 1858.
P. D.: Parise la Duchesse p. p. F. Guessard et L. Larchey. Paris 1860.
P. O.: La Prise D'Orenge p. p. Jonckbloet. La Haye 1854. (Guill. d'Or. III.)
R. C.: Raoul de Cambray p. p. H. P. Meyer. Paris 1882.
R. M.: Renaus de Montauban oder die Haimonskinder, her. v. H. Michelant.
    Stuttgart 1862. (Bibl. d. Lit. Ver. LXVI.)
Ren.: Renaus de Montauban oder die 4 Haimonskinder, Bruchstücke
    in Herrigs Archiv.
Rol.: Das altfr. Rolandslied, her. von E. Stengel. Heilbronn 1878.
Ch. d. S.: La chanson des Saxons p. Jean Bodel p. p. Fr. Michel. 2 vol.
    Paris 1839.
Sy.: La chanson de Syracon, Bruchstück her. v. E. Stengel. (Romanische
    Studien I.)
Voy.: Karls des Grossen Reise nach Jerusalem und Constantinopel, her.
    von E. Koschwitz. Heilbronn 1880.

Der gewöhnlichst gebrauchte Ausdruck für „Bote" ist
'message, mesagier', weniger oft 'mes' und selten 'ambassaor'.

Einen Bedeutungsunterschied zwischen diesen verschiedenen Ausdrücken konnte ich nicht ermitteln, und in der
That scheint ein solcher auch nicht bestanden zn haben,

denn wir begegnen Fällen, in denen bei denselben Boten die Ausdrücke mit einander wechseln. messagier wechselt mit message in ch. d. S. cf. XIIC. u. XIC, mes mit messagier und message in Mac. 1589, messagier mit message in Berte 65 u. 66, mes mit message in Berte 2970 ff., mesager mit ambassaor in Berta cf. 356 ff. Boten werden nun nicht nur die genannt, die eine Nachricht ausrichten, sondern auch die, denen die Aufgabe zufällt, Geschenke oder Briefe zu überbringen, oder die behufs Brautwerbung oder Hilfeleistung gegen Feinde ausgesandt werden.

Die grösste Rolle spielen aber die Boten, die die diplomatischen Geschäfte zu erledigen haben, die also theilweise unseren jetzigen Gesandten entsprechen. Einen ständigen diplomatischen Vertreter hatten indessen die Herrscher unserer Dichtungen noch nicht, der Bote wurde vielmehr für jeden einzelnen Fall erst gewählt.

Besonders lässt sich in unseren Dichtungen ein scharfer Unterschied zwischen christlichen und heidnischen Boten wahrnehmen (cf. Benehmen der Boten). Niemals wird uns z. B. erwähnt, dass ein christlicher Herrscher absichtlich einen so schurkischen Ritter zum Boten wählt, wie es der heidnische König Marsilius in Rol. thut, oder dass wir einen christlichen Boten in so abscheulicher Gestalt erblicken, wie in Aiol 3999 ff. und Otinel 55 ff. den heidnischen Boten. Gegenüber der heidnischen Rücksichtslosigkeit finden wir Karl und seinen Hof in Berührung mit Boten mild und gut gesinnt (cf. Behandlung der Boten).

Ich beginne mit den Boten, deren Charakter dem Volksepos am wenigsten entspricht, um von der weniger wichtigen Klasse allmählich zu der fortzuschreiten, die dem Charakter des Volksepos am meisten entspricht, und da der Liebesbote eine ganz gesonderte Stellung im altfranzösischen Epos einnimmt, so beginne ich mit der Schilderung, wie sie uns von ihm entworfen wird.

I. Liebesbote.

———

Der Liebesbotschaft entsprechend, die Verschwiegenheit verlangt, finden wir im altfranzösischen Volksepos immer nur einen Boten mit einer solchen Botschaft betraut. Dieser wird aus der nächsten Umgebung des Absenders genommen. Er ist entweder 'vallet ¹), escuier ²), chanbrelenc ³), garçon' ⁴) oder ein 'maistres' des Absenders ⁵) oder irgend einer der Vertrautesten ⁶) ⁷). Liebesboten werden meistens nur von Königinnen ⁸), Königstöchtern ⁹) oder Damen gleichstehenden ¹⁰) und selten von Damen niedereren ¹¹) Ranges geschickt. Nur in einem Falle habe ich gefunden, dass ein Ritter einen Liebesboten absendet ¹²).

Das vertraute Verhältniss zwischen Liebesboten und Herren oder Herrinnen tritt deutlich in den gegebenen Aufträgen an den Tag. Diese sind mannigfacher Art. Die

———

¹) Horn 2477: Ele apele a sei un sun vallet cursier — Si li dit tu seras, ami mun messagier.

²) Gayd. 8654: Godefroi, .I. escuier, fil Milon de Nobloi.

³) R. C. 5615: Son chanbrelenc apela Manecier.

⁴) G. M. 52c: Lors a fait maintenant .I. garchon appeler.

⁵) B. C. 3231: Et quant il en fu poins, Malaquin apela, Cil ert maistres de li, moult en li se fia.

⁶) F. C. p. 103, 8 u. p. 126, 16: En la chambre manda .I. de ses plus privés. Cil ot nom Estourmy: ......

⁷) R. C. 5994: La damoisele apele .I. mesagier; Courtoisement le prist a araisnier: Amis, biaux frere. or de l'aparillier: A. S. Quentin m'en ires à Bernier.

⁸) Gayd. 8654 ff.: Claresme, Königin von Gascogne.

⁹) Horn 2387: Tochter der Königin Gudbore.

¹⁰) F. C. p. 103 u. 126: Ganite, Tochter des Emirs Corsubles.

¹¹) R. C. 5615: Tochter des Grafen Guerri.

¹²) R. C. 6282: „Amis, dit il (Bernier), oiés que vous diron: Droit à Paris m'en irois au perron".

Boten überbringen von ihren Herrinnen theilweise Grüsse[13])
oder Geschenke[14]) als Zeichen der Liebe, theilweise laden
sie den Geliebten ihrer Herrin zum Spielen oder zur mündlichen Unterhaltung[15]) ein, auch wird ihnen die Aufgabe zu
Theil, dem Geliebten die heisse Liebe ihrer Herrin zu schildern, die alles aufbietet und aufbieten will, um ihren Geliebten bald als Gatten zu besitzen, die selbst ihrem Glauben
untreu zu werden bereit ist, um an das Ziel ihrer Wünsche
zu kommen[16].)

II. Werbende Boten.

Behufs Werbung werden gewöhnlich mehrere Boten
zusammen ausgesandt, deren Namen grösstentheils genannt
werden.

Die diesen Boten gegebenen Aufträge nehmen theils
die Form einer Bitte an, theils gleichen sie auch, besonders

---

[13]) R. C. 6283 ff: Droit a Paris m'en irois au perron Si coiement
que nel saiche nus hon. En tapignaige monteras el donjon; Ce vois
m'amie, conte li ta raison; Parole a li coiement a larron, Et si li dis que
nous la saluon.

[14]) Lothr. 174a: Or vos pri ge que au conte en alez De moie part
et si le saluez E de par moi cest anel li portez.

[15]) R. C. 5622: Sus el palais m'en iras a R. Di li par moi salus
et amistié, Et q'en mes chambres ce vaigne esbanoier Et as eschés et
as tables joier. cf. ferner Gayd 8661 ff.

[16]) F. C. p 102,10 ff: Se l'enfant me veut prendre, bien li est
avenu. Ains XV jours li ièrent XXX chastiaux rendu, Et XIIII cités sur
l'eaue de Lambru: De C. M. Amoraves aura son fieu creu. Bauptizier
me ferai en l'onneur de Jhésu. Jusqu'à la rouge mer recevra le trëu:
Ses chevaliers seront Rous et Amoragu . . . . tous ièrent par
l'enfant retenu. F. C. p. 103: Au secours sui venus o XXX. M. armés.
S'il, ains que prime soit, n'est as portes trovés, Es barres et ès lices
son gonfanon mettez, N'ait fiance en m'amour, que mès soit mes privés.
Dites lui de ma part, s'or veut estre chasés etc.

auf heidnischer Seite, strengen Forderungen[17]), wobei Drohungen nicht ausgeschlossen sind, während · die Aufträge,
die von Christen ausgehen, meistens in etwas milder Sprache
ausgedrückt sind[18]).

III. Boten mit verschiedenartigen, · unwichtigen Aufträgen.

Zu dieser Klasse rechne ich alle die Boten, deren
Charaktere nicht wesentlich von einander verschieden sind,
die ziemlich alle eine gleich unbedeutende Rolle spielen, die
alle nur vorübergehend auftreten, grösstentheils nicht chevaliers sind, sondern mit wenigen Ausnahmen mehr dem Stande
der 'vallez, garçons' angehören. Sie werden mit Namen nur
selten genannt und entsprechen mehr dem · was wir jetzt
unter Boten begreifen. So finden wir Boten:

a) die Geschenke überbringen, seien es Aepfel (cf. Gayd
143 ff., P. D. 60 ff.), reich geschmückte Kleider und
Pferde[19]), sei es Gold oder Silber[20]). Diese Botschaften

---

[17]) Elie 1509: Il a pris .l. message, al roi l'a envoiet, Que il li
doinst sa fille a per et a mollier Et trestoute sa terre ensi com il le
quiert, V son fil li envoit, Caifas le proisiet, V Josse d'Alixandre u
Malpriant le fier; Li ques d'eus qui en isse, mout ert mal engingies
Bien peut estre seurs de le teste a tranchier, cf. ferner Aye d'Av. 1665 ff.

[18]) Alisc 8161 ff: Vous en ires en France le vaillant Demain à
l'aube, ains le soleil luisant. Tout droit au roi dites, que jo li mant.
Que il m'envoit sa fille maintenant, Ma bele niece au gent cors avenant:
Si la donrai Rainouart le vaillant, Le mellor homme de cest siecle
vivant. Dame sera d'une terre molt grant, Du toute Espaigne; n'en
voist mie doutant etc. cf. ferner Berta 249 ff., 281—89.

[19]) Aiol 3750 ff: Aiols a pris .C. mars de boins deniers Ses bailla
.l. message .l. destrier, Et uns dras d'escarlate riches et ciers, Son oste
les envoie droit a Poitiers.

[20]) Aiol 3843: Aiols a pris .c. livres d'orlienois Et deus paires de
reubes faites d'orfrois Ses mist' en une male qu'iert de corvois Asses

sind indessen selten im altfranzösischen Epos und wo
sie auftreten, dienen sie entweder niedrigen Zwecken
oder sie vermitteln die Beziehungen zwischen Personen
gleichen d. h. niederen Ranges.

b) die Nachrichten überbringen, die entweder über die
Geburt eines Kindes berichten[21]) oder eine andere
unbedeutende oder private Mittheilung[22]) übermitteln
oder die den Ueberfall[23]) oder das Herannahen[24]) eines
Feindes zu berichten beauftragt werden. Auch diese
Boten spielen eine nicht viel grössere Rolle als die
vorhergehenden, mit Ausnahme von denjenigen, die

---

i mist velous et covertoirs Et riches dras en lit que il avoit Et or fin
et argent et autre avoir; Sor .I. ceval le torse corant norois, Son pere
les envoie par .I. borgois.

[21]) Lothr. 255 b: Car de Gascogne .I. messages li vint Qui li conta
que sa fame ot .I. fil. G. R. F. 8986: A la reine vient un mes celant
Que li dis a conseil per rei qui blant Que sa sor a un fil molt bel enfant.

[22]) Mac. 1749 ff: Berars, dist Kalles, il t'en estuet aler L'emperéor
en sa cité parler De moie part tu li iras noncer Que soe fille ai trovée
en pechié Non mie avec un duc o un princier. Ains od un nain, dont
m'est grans reproviers. Ne s'en merveille se ie m'en vueil vengier
Que itel choses ne font mie a loer Ne mi baron nel porroient durer.
Mac. 1591 ff: Quatre mesages, des meillors de sa gent, L'emperéor envoie
tot errant Dire et conter trestot le covenant Si com sa fille Blancheflor
la vaillans En Honguerie venue est povrement, Blasmée fu a tort,
traïtrement, Dont l'emperere cui France est apendant. L'a de son regne getée.

[23]) G. l. L. I. p. 17: „En non dieu, sire, cis del val de Sissons Ont
desconfit Paien et Esclavon; Ta terre metent en feu et en charbon.“
Ch. d. S., XIV., 8: „Guiteclins de Soissoigne o son frere Gozon. Lui
diseme de rois do lignage Mahom, Sont antré an la terre à force et à
bandon; Le regne d'Allemaigne vos ont mis à charbon Et Cologne
destruite et mort le duc Milon. Sa fame et ses .II. fiz Ammauri et
Hugon.“

[24]) R. M. p. 27, 21: „N'est mie de merveille, se nos esmerveillon
Que Karles vient sor vos, li rois de Monloon, Et o lui .c. m. home qui
vienent de randon, Armes d'aubers et d'iaume et d'escu à lion Onques
Dex ne fist home, par verte le dissou Se il le het de mort n'en doive
avoir friçon.

eine Nachricht vor eine Person hohen Ranges wie
Kaiser, König zu bringen bestimmt werden. Diese
werden natürlich aus besserem Stande²⁴) gewählt und
deren Namen sind uns meistens auch genannt.

c) deren Auftrag in der Ueberbringung von Einladungen²⁶)
besteht. Derartige Aufträge ergehen fast ausschliesslich von hochgestellten Persönlichkeiten an Standes-
gleiche. Auch für sie gilt, was bezüglich der an
hervorragende Personen gesandten Boten gesagt wurde,
auch sie werden aus höherem Stande²⁷) genommen,
aber es geschieht auch ihrer nur kurz Erwähnung.

d) die Hilfe, d. h. Lebensmittel, Pferde, Lastthiere²⁸) und
andere zum Kriege nothwendige Mittel überbringen
oder die baldige Hilfe an Truppen²⁹) ankündigen. Sowohl der einen wie der anderen geschieht nur kurze Erwähnung im altfranzösischen Epos, doch da sie infolge
der Natur ihrer Aufträge meistens mit dem Heerführer,
dem König oder Kaiser, in Berührung kommen, finden
wir auch sie meistens aus dem Range der chevaliers
gewählt.

IV. Parlamentaire.

In der 4. Klasse führe ich die Boten an, die von allen
die wichtigste Rolle spielen. Es sind die Parlamentaire,

---

²⁵) Mac 1747: Et por itant fu pris a mesagier Un quens de France
et nobiles et ber Qui ot a nom Berart de Montidier.

²⁶) B. B. 6340: Envoiés à Bollongne, pour Dieu vous em priion,
A Wistace mon frere, le nobile baron, Qu'il viengne maintenir, dechà
mer le royon. A Jhesu vous conmans franc chevalier de non, Bien sai
que je morrai à bien courte saison Car de mort senc au coer le fel
morsel felon."

²⁷) Lothr. 183 d: Il en apelle le preu conte Garsile Et Mennesier
et le conte Felipe.

²⁸) cfr. G. Bourg. 705 ff.

²⁹) G. l. L. I. p. 104, XXXIII, Ch. d. S. CVII, 6 ff.

die man am besten mit den Gesandten unserer Zeit ver-
gleichen könnte. Dass das altfranzösische Epos uns von
diesen eine ganz besondere Schilderung entwirft, geht schon
daraus hervor, dass es dieselben in manchen Epen zur
Hauptfigur seiner Darstellung macht. (cf. Ot. Aiol, Huon etc.);
und es ist ihr Charakter auch zum grossen Theil so stark
ausgeprägt, wie es das altfranzösische Epos bei seinen Helden
zu thun pflegt. Sie sind ausnahmslos aus hohem Geschlecht,
tüchtige und auserwählte chevaliers. Im Kriege [30]) oder bei
Belagerungen [31]) werden sie abgesandt, um mit dem Feinde
zu verhandeln und in Kriegsgefahren ist es ihre Aufgabe,
bei benachbarten oder befreundeten Herrschern Hilfe gegen
den Feind zu suchen [32]).

Auch unterhandeln sie mit unterworfenen Völkern über
den zu zahlenden Tribut und über Hilfeleistungen [33]) im

---

[30]) J. B. 3705: „Amis, biaus frere, monte en ton palefroi, Va t'en
a ceuls qui sont en cel chaumoi, Si lor demande, qu'il quierent et porquoi La sont venu et a si fier conroi".

[31]) Gaufr. 7302: „Amis, dist la puchele, entendés mon pensé: Alés
tost au devant de chez barons armé, Et sachiés qu il sunt et qu'il ont
en pensé, Espoir pour nous traïr se sunt si atourné, Si comme crestiens
armé et desguisé.

[32]) Loth. 235 c: .I. chevalier apella si li dist „Amis, dist il, entendez
envers mi, Alez monter par amor vos en pri Droit en Gascongne irez
vostre merci Prier Ger. por diu qui ne menti Qu'il me vaingne secorre en
cest pais Car Amaudas li p. m'a asis. Ch. d. S. CCXXIII: Amis, co dit
li rois, de cest besoig m'entant: A mon oncle direz le mien contenement,
An Soissoigne me vaigne socorre maintenant. Ses oz a departies; mant
les isnelement: Li besoinz est venuz, sache il veraiement. — cf. ferner
H. C. 1078 ff; G. l. L. p. 177, 35 ff.

[33]) Ch. d. S. XXI, 23 ff.: Vos porterez ma chartre où li seax d'or
pant, Le viel Huon dou Moine verrez premieremant, Au Mans le troveroiz,
là est-il plus sovant. Quant l'auroiz salue, don li dites formant, Guiteclins de Lessoigne anvers nos antreprant Dou tréu de Herupe dites li
ansement, Puis li bailliez la chartre ou li seax d'or pant. Quant il aura
oï cel nostre mandemant, Salemont de Bretaigne mandera maintenant.
Et le conte Richart ou Normandie apant, Et les autres barons nez de

Falle eines Krieges oder sie werden angewiesen, ein gutes Verhältniss zwischen Fürsten und abgefallenen Vasallen oder Rathgebern wieder herzustellen (Ren. 393, 4). Sie fordern auch die Auslieferung eines Feindes [34]) und vermitteln .Zusammenkünfte von verschiedenen Herrschern [35]). Auch das Zustandekommen einer Heirat zwischen den Angehörigen verschiedener Höfe [36]) liegt im Bereiche ihrer Aufgabe, und sie versehen in dieser Hinsicht theilweise die Stelle der werbenden Boten. Bei anderen Boten dieser Klasse enthält der Auftrag eine Aufforderung, grösstentheils verbunden mit schweren Drohungen, so dass uns oft mit der Schilderung eines solchen Boten zugleich die eines wahren Helden gegeben ist, der kühn seine Pflicht erfüllt und muthig allen Lebensgefahren trotzt, und wenn die chevaliers oft nach dem Amt eines solchen Botschafters streben, so beweist dies hinlänglich, wie ehrenvoll es war, mit einer solchen Botschaft betraut zu werden, die neben Unerschrockenheit, Tapferkeit, auch Höfischkeit und Gewandtheit im Unterhandeln verlangt. Daraus erklärt

---

lor chasemant. Quant il auront ansamble tenu lor parlemant Si me feront aïde se Deu plait, bonemant.

[34]) H. C. 1873 ff.: Prendez ung mesagier saige et amenevy, Et mandez le roïne au gens cors eschevy Que vous le prenderez et se geut à merchy; Mais qu'envoiier vous veulle le trayteur failly, Par qui nous somes sy grevez et mal bailly, Et se fille vous livre, si l'averez plevy, Et se cil de Paris sont au mant obay, Jamais ne leur ferez domaige ne anuy.

[35]) F. C. 149, 11: Amis. dist Loéys, alez à Nondinois: Amenez avec vous Gautis de Vermendois. Dites Tiebaut d'Arabe et as Turs de Valdois, Vers la Roche Alory, lès Tabrie el chaumois, Tous y viegnent ses homes Arrabis et Persois. N'i aportent clavain ne dart ne arc turquois. Ja n'i aura mellée por mot tant soit gréjois. Là irai, contre lui, moi et ma gent de prois, Flamenc et Hanuier, Bourgoing et Lorrenois.

[36]) Alisc. 8161 ff.: Vous en irés en France le vaillant Demain à l'aube, ains le soleil luisant. Tout droit au roi dites que jo li mant Que il m'envoit sa fille maintenant, Ma bele niece au gent cors avenant; Si la donrai Rainouart le vaillant, Le mellor homme de cest siecle vivant. Dame sera d'une terre molt grant, De toute Espaigne; n'en voist mie doutant.

sich denn auch, welch hohe Stellung die Boten einnahmen,
a) denen aufgegeben wurde, für die Verbreitung ihrer Religion
zu sorgen, die zu einem fremden Herrscher geschickt wurden, um
unter Androhung sogar der Todesstrafe die Annahme der christlichen resp. heidnischen Religion [37]) zu fordern. Diese Forderungen werden sowohl von den Heiden wie von den Christen
gestellt und es zeigt sich in diesen Botschaften deutlich der
Gegensatz und der Kampf zwischen Christen- und Heidenthum,
der im altfranzösischen Epos eine so hervorragende Rolle spielt;
b) die zum Kampfe herausfordern [38]) und gewissermassen den

---

[37]) Aspr. p. 54 VI 25 ff.: „Frere Ballant" Agullant disie, En France
aireç veoir la baronie. Direç à Karle. ne li celareç vos mie: Se son
deu renoie et al moi se plie, vivre poroit ancora en aye, A moi aport
son or e la manentie, Son col metre sot ma spee forbie. Si ie li trouf in
çamps ni en vie, Ça inver moi, nen portira il la vie. Rol. 317 Gautier: De
meie part Marsilium direz Que il receivet seinte chrestientet Demi
Espaigne li voeill en fieu duner: Se ceste acorde il ne voelt otrier. Suz
Sarraguce le siege irai fermer Priz e liez sèrat par poestet Ad Ais le
siet serat tut dreit menez Par jugement serat iloec finez: La murrat il
a doel e à viltet. Aiol 4594: Or me poes dont dire le fort roi Mibrien
C'a grant tort tient la tere dont ie sui iretiers, Que conquist Karlemaines, mes peres, li proisiers, Mais vienge a moi droit faire ci a
Orliens, A Paris ua Cartres u al bourc saint Michiel, V la u ie serai
et ma cors plus grans iert, Fache lui et ses homes leuer et baptisier
Et se il nel veut faire, ne li celes nient. Que ie l'irai requerre en
cest esté premier. Que li larai chite ne borc a desrochier Ne haute tor
de piere ne castel a brisier. E se iel puis tenir ne a mes mains baillier,
Ains de si laide mort ne fu nus essillies, Con ge ferai son cors honir
et vergongier.

[38]) C. L: 2361 ff.: Alez moi tost à ces tentes de paile, Si me
diroiz Looys, le fil Karle, Qu'à moult grant tort me veult gaster ma
marche; N'a droit en Rome ne en tot l'éritage. Et s'il le veult avoir
par son outraige, Encontre moi le convendra combatre. Aiol 4065 ff.:
Che mande Mibriens, li Arabis, C'a tort portes corone, iel contredis,
Et mieus vaut Mahomes et Apolins Que ne fait li tiens dieus que vieus
servir, Et a tort tiens la tere que Karles tint. La bataille te mande,
s'en es garnis, A l'issir de Gasconge a Mont Olis. Ne te laira chastel
ne bourc ne chit Ne maison ne recet ne plaisceis.

Krieg erklären; c) die unter Androhung des Hängens [39]) und Verbrennens [40]) die Krone eines Landes oder unter der drohenden Hindeutung auf einen Krieg die Ueberlassung [41]) einer Stadt fordern sollen, die, mit Hängen drohend, schuldigen Tribut [42]) zu verlangen haben oder deren Botschaft darin besteht, die Verwüstung [43]) eines Landes anzukündigen, wenn nicht gewisse Erzfeinde ausgeliefert würden.

(Ueber diese wie über die anderen Boten wird bei der Erledigung der Aufträge weiter gesprochen werden.)

---

[39]) Fierbr. 2267: Vous movres le matin, à Aigremore irés, Si dirés l'amirant, gardés ne li celés, Rende moi la courone dont dix fiu coronnés Et les autres reliques dont je sui moult penés; Et en après demant mes chevaliers menbrés; Et se il ne le fait si que deviserés, Dites jel ferai pendre par la goule à .I. pel, En destre le menrai com .I. larron prové. Ne troverai putel où il ne soit passé.

[40]) Aiol 8791: Va me tost la defors al roi de saint Denise, Di li que il me laist Borgonge toute quite. Et c'il chou ne veut faire, ne li celer tu mie, Demain pendrai Aiol par son l'aube esclairie, Et Mirabeus ert arse en .I. grant feu d'espine.

[4]) Ch. Og. 1413: Car pren un més qui bien sace parler, Droit à Kallon en l'ost le trametés, Qu'il vos laist Rome tenir vostre hérité..... S'il ne le fait volentiers e de gré, Faites batailles garnir et conréer, Si va à Kallon à lui vos combatés: Jà des François ne soit nus escapés Que il ne soit ocis et desmembrés.

[42]) Gaufr. 10614: Barons, chen dist lo rei, savez que vous ferés? Tout droit en Danemarche à Gaufrey en irés, Et de la moie part issi vous li dirés Que comme desloial s'est vers moi parjurés, Qui les .IIII. deniers ne m'a pas aportés; Et s'il ne les aporte moult trez bien li dirés Ogier sera pendu ains que soit li estés.

[43]) R. M. 116, 1: De moie part li dites, gardés ne li celés: Mes enemis me rende, que il a recetés. Si me face cargier .C. chevaliers armés, Tant ques puisse conduire dedens mes herités. A Monmatre ert cascuns pendus et encrués. Et s'il ne le velt faire, molt tost le defiés. Desi jusqu'a .III. mois acomplis et passés Entrerai en Gascoigne par vive poestés, Et si li abatrai et castiaus et cités. Et se je le puis prendre, tos sera vergondés Ne li celés vos mie, se trover le poés. cf. ferner: R. M. 151,14; 58,32 ff., Ch. Og. 3548 ff.

2

V. Friedensboten.

Diese stehen denen der 4. Klasse nicht nach und handeln,
soweit es ihre Pflicht erlaubt, wie jene. Auch sie müssen
ganz besonders beredte Parlamentaire sein, und alle An-
forderungen, die an die Boten der vorhergehenden Klasse
gestellt wurden, gelten auch für sie. Doch können sie nicht
zu der 4. Klasse gezählt werden, weil die ihnen gegebenen
Aufträge ganz anderer Natur sind. Wir haben solche, die um
Frieden bitten und solche, die den Frieden anbieten. Im
ersten Falle fehlt es natürlich zur Erlangung desselben weder
an grossen Versprechen [44]) noch an reichen Geschenken (Rol.
27 ff.), und der Auftrag wird ganz im Tone eines Bittenden
gegeben. Im anderen Falle dagegen richtet sich die Sprache
nach dem Vortheil, den der Auftraggeber geniesst, der in
der Lage ist, einen Frieden diktieren zu können [45]).

---

[44]) R. C. 2111 ff.: Car li faisons un mesaige envoier Que de nos
terres se traie .I. poi arier. Voist en la soie, por Dieu le droiturier;
Cil l'en doinst goie qi tot a a jugier! S'on li fait chose dont doie cou-
recier, Nos l'en ferons droiture sans targier, Ne de sa terre .I. seul
point ne li qier; Ains li volrons de la nostre laissier. Puis referons
l'eglise et le mostier, Q'il fist a tort ardoir et graallier. Aiderons li
s'autre guere a baillier Et le Mancel del païs a chacier Et pardonrons
l'amende de Bernier. cf. ferner: R. M. 392,30 ff.; R. C. 2213 ff.

[45]) R. M. 398,1: Et dit à ses barons: „Vous me tenez por fol Qui
me voleis pais faire trestot oltre mon vol. Jà hé ge tant Renaut, par
le cors de saint Pol Nel porroie veoir en face ne en col, Outre mer
s'en ira vestu sol d'un linçol, Tot nu piés et en langes et copé si tijol.
Baiart m'envoiera bien lié par le cel; De lui ferai justise, mult morra
à grant dol. Si frere auront la terre, n'i perdront .I. chevol. Se il le
velt si faire que il s'en voist toz sol, Envers moi aura pais don ge me
tieng por fol". cf. ferner: R. M. 383,8 ff.

Erledigung der Botschaften.

Ohne Ausnahme sind die Boten in der gewissenhaften und treuen Erledigung der ihnen anvertrauten Aufträge einander gleich. Es mögen Heiden oder Christen sein, das altfranzösische Epos, das stets geneigt ist, den bei ihm mit dem Heidenthum auf gleicher Stufe stehenden Muhammedanismus womöglich in schlechtem Lichte erscheinen zu lassen, zeigt uns alle Boten, sobald sie ihre Botschaft erledigen, als ihrem Herrn treue und gehorsame Diener. Nur lässt es die heidnischen Boten durch ihr insolentes Benehmen vor den christlichen sich auszeichnen. Treue wird bei allen gefunden in der Erledigung ihrer Aufgabe und diese Treue geht oft bis zum kindlichen Gehorsam. Sie trotzen muthig drohenden Gefahren und machen nicht einmal den geringsten Versuch, die Strenge, die in den ihnen gegebenen Aufträgen oft enthalten ist, zu mildern. Selbst Ganelon (Rol. 426 ff.) ist in Erledigung dessen, was ihm aufgetragen wurde, sklavisch getreu.

Der Liebesbote wendet seine ganze Redekunst an, um einen günstigen Erfolg zu erzielen, er verfehlt nicht, die heisse Liebe seiner Herrin, ihre Anmuth und Klugheit in trefflicher Weise zu schildern[46]), oder wenn er dies nicht

---

[46]) B. C. 3208: Auftrag: Lors prendes un message qui bien soit enparles, A Gerart en Barbastre laiens l'envoieres, Mandes li k'a vous viengne, ne soit si enserres, O lui Guion, son frere, qui preus est et senes, Et Joffroi l'Angevin, qui moult est aloses, Navari de Toulouze pas n'i oublieres, Ne Hunaut de Bretaigne, chascuns est esprouves De tres haute prouece, miex de moi le saves, Car de lor grans fais d'armes souvent oï aves. — Erledigung 3322 ff.: Hom sui a Malatrie la niece Rubion, Il n'a si bele dame dusqu'en Carphanaon, A vous m'a envoiie, si orres ma raison. Trestout premierement de s'amour vous fait don Bien vous mande par moi, ne le vous celeron, K'a li venes parler dedens son paveillon, O vous cinc chevaliers dont me fist meucion: En-

2*

vermag, dann berichtet er genau und wörtlich was ihm aufgetragen wurde[47]). Die werbenden Boten halten sich auch fast wörtlich an die Form des Auftrags, und im Verhältnis zur Wichtigkeit derselben finden wir sie nicht so beredt, wie wir es erwarten sollten[48]). Die Drohungen, die auf heidnischer Seite in den Aufträgen liegen, werden bei der Werbung wiedergegeben[49]), doch auch andere Boten dieser Klasse, deren Aufträge keine Drohungen enthalten, nehmen

---

samble o vous menres vostre frere Guion Et Joffroi l'Angevin et Hunaut le Breton, Navari de Toulouze qui est de grant renon...... Ma dame est fleurs de lis et rose de saison Iex a gais et rians, de couleur de façon, Et bouchete vermeille et fourcele menton, Et s'est si bien taillie k'a souhait perdroit on, Mameletes duretes a souz son peliçon, Qui un poi li soulievent son vermeil siglaton, Si cheveil samblent d'or dou plus fin d'Arragon; Qui de li vorroit faire droite discreption Ne fu si bele dame puis le tans Salemon, Et s'est sage et courtoise et parlans a raison; De bien et de biauté a en li tel foison Que mieudre ne plus bele pas ne trouveroit on; Ne l'amustans de Cordres n'a nul hoir se li non. Gerart, en vous a mise toute s'entencion, Or verra se vous estes de grant enprision. cf. ferner: F. C. p. 126,21 u. Erledig. 128,3 ff.

[47]) Horn 2495: Pus li dit mot pur mot quant k'ele li maunda. cf. ferner: F. C. p. 104 zu Anm. 16.

[48]) Alisc. cf. Anm. 18; Erledig. 8229: Biaus sire rois, che dient li mesage, Salus vous mande Guillame au fier corage, Dame Guiborc, la belle au cler visage, Et Aimeris de Narbone le large, Et tout si fil qui Diex croisse barnage, Que li envoies ta bele fille sage; Porquis li a molt rice mariage. Signor aura qui est de haut parage; Onques pucele n'ot tel en son éage: C'est Rainouars ki tant a vaselage. Rois ert d'Espaigne et roi Tiebaut l'aufage Destruira il, s'il vit en son éage, Fors que ans .II. les testes. Biaus sire rois, dient li messagier, Salus vous mande Guillames . . . . Que vostre fille, qui molt fait à proisier, Li envoiés liement, sans dangier, K'il l'a dounee au mellor chevalier Ki portast armes ne montast en destrier.

[49]) Elie, Auftrag cf. Anm. 17, Erledigung 1523 ff.: Ses que mande mes sire, Luciens li barbes? Que li doignes ta fille; Rosamonde al vis cler, Et trestoute ta terre ensi com ele apert, V ton fil li envoies, Caifas u Jose; Li ques d'eus qui en isse, mal li ert encontre Bien peut estre seurs, de le teste a coper.

oft zu solchen ihre Zuflucht, um ein günstiges Resultat zu erzielen [50]). Man scheint also die Werbung zwangsmässig betrieben zu haben, zumal wenn man bedacht war, durch die Heirath Reichthümer, Länder, Gold oder Silber zu erlangen.

Auch die Boten der dritten Klasse stehen den anderen an Dienstfertigkeit nicht nach. Geld und andere ihnen anvertraute Geschenke, wie auch Hilfsmittel für den Krieg werden auf die treueste Weise abgeliefert. Wo das Herannahen oder der Ueberfall des Feindes gemeldet wird, zeigen die Boten der Sache gemäss grosse Eile [51]), sie treten plötzlich auf, sind in ihren Erledigungen sehr kurz (cf. Anm. 24) und schildern mit wenigen Worten drohende Gefahren. Eine gleiche Eile haben auch die Boten, die frohe Botschaften überbringen, die z. B. die Geburt eines Kindes . anzeigen. Der Typus der Boten der 4. Klasse ist neben Gewissenhaftigkeit in der Erfüllung ihrer Pflichten hauptsächlich kühne Unerschrockenheit. Wo sie in das fremde Lager treten, um sich über die Absichten des Feindes zu informiren, sprechen sie auch mit soldatischer Kürze [52]), und auch die Hilfe suchenden Boten sind gegen alles Erwarten in ihren Bitten kurz [53]). Bei den fordernden Boten artet die

---

[50]) Aym. f. 540, 9. 55r⁰ nach Gautier ép. fr. IV 231 ff.: Mais si vous nous refusez, malheur à vous. H. C. 1918 ff.: Ou jamais en se voie à vous pais ne fera Ne de ce siege ausy il ne se partira; Se prise est le cité, il le excillera.

[51] Ch. d. S. LV. 13 ff.: Atant ez .l. mesage qui li conte et devise Que la granz oz de France en sa terre s'est mise L'ampereres de Rome o maint fil de marchise Jusqu'a l'aive de Rume est la terre porprise. G. C. L. I p. 17: „En non dieu, sire, cis del val de Sissons Ont desconfit Paien et Esclavon; Ta terre metent en feu et en charbon."

[52]) Jourd. 3752: „Sire" dist il, a celer nel voz quier Je ne voz quier ne encombrier, Fromons mes sires qui moult fait a prisier M'a ci tramis veoir et encerchier, Porquoi vos faites sa cité assegier."

[53]) Flov. 2287: Vostre peres vos mande que voz lou secorez. L'amiraus de Persie e trestoz ses barnez, Au chatel de Loon l'ont paiens

Kühnheit oft in Insolenz einem fremden Herrscher gegenüber aus, und die Erledigung ihrer Botschaften ist ebenso geschickt wie kühn. Es ist nicht uninteressant zu beobachten, wie das altfranzösische Epos die heidnischen Boten durch ein nicht selten höchst insolentes Benehmen charakterisirt. Schmähworte fallen sowohl gegen die christliche Gottheit[54]) wie auch gegen Kaiser und Untergebene, und in Ot. geht die Insolenz der heidnischen Boten soweit, Kaiser Karl „felon, cuvert" zu nennen[55]).

Die christlichen Boten halten mit den heidnischen in soweit gleichen Schritt, als auch ihre Reden in kühne Herausforderungen und Drohungen ausarten, durch die sie, (cf. Anm. 58) wie die heidnischen Boten[56]), das Interesse ihrer Herren zu vertreten sich bemühen. Auf jeder Seite[57])[58]) ist

---

ansarré, Vostre mere la jante ne fine de plorer; Par moi vos mande, sire, que voz le secorez. G. l. L. I p. 52, 12: A grant besoing vos ai ici requis Qu'en vostre fief m'ont Sarrazins assis Le'val de Mez pechoié et malmis. Or viens à nos, empereres gentis, Que vos devez vostre fief garantir.

[54]) Ot. 138 ff.: Messager sui l'emperur Carsilie, ... Par mei te mande: leisse cristienie, Crestienté ne valt pas une alie, Et qui la croit, si fait il grant folie; 43: Je seroie honis, Car vostre Dieu ne valt .II. parisses.

[55]) Ot. 43 ff.: Otes m'apele l'on; D'Espaigne sui, la noble region, Li rois Carsile, qui tant est riches hom M'envoie à Karle, le cuvert, le felon, Le viel redois qui ait maléiçon.

[56]) Fier. 5469 ff.: Karlemaines te mande, nostre drois avoés, Que guerpisses Mahon et tes dix meserés, Et croies Damedieu, le roi de maïstés, Et soies en sains fons baptiziés et levés Et se li rens les contes que as enprisonnés, Et les saintes reliques pour coi est tant penés. Se tu ensi le fais, tu es asséurés, Ne perdras de ta terre .IIII. piés mesurés, De ton fil et de lui seras tous tans amés. Et s'ensi ne le fais, saces de verités Et toi et tous tes hommes a Karles deffiés. Fui t'ent tost de sa tere que n'i soies trovés; Que se Karles te tient, a martire es livrés N'i ara si haut homme que ne soit desmembrez; Puis donra ton roiaume à ses hommes privés.

[57]) Enf. Og. 2126: A vous m'a fait Corsuble envoier, Par moi vous mande, celer ne le vous quier, Que à vos gens faites lor mains loier,

man bestrebt, die Würde und Macht seiner Gottheit und
seines Herrn als die einzig massgebende und loyale hinzu-
stellen, alle andere Götter und Herren zu verachten und
zu hassen und auch kämpfend für dieselben einzutreten [59]).
Als tapfere „chevaliers" schlagen sie keinen Mittelweg ein,
auf dem sie zu erlangen versuchten, was sie fordern, sondern sie kennen bei der Erledigung ihrer Botschaft nur un-
bedingte Erfüllung dessen, was sie verlangen oder Androhung der härtesten Strafen. In ihren Reden, die in mög-
lichster Kürze alles enthalten, was sie zu fordern und zu
sagen haben, kennen sie ausschliesslich nur das Interesse
ihres Herrn oder ihres Landes. Die Gewissenhaftigkeit, mit

A lui se rendent sans traire et sans lancier, Et vous qui aus avez à
justisier, Par devant lui irez agenoillier, Et li irez de ce merci pryer
Que si osastes venir et herbergier, De lui arez vostre terre à baillier
Par .I. treü assis de fin or mier, Et vous couvient telement esploitier
Que vostre loy vous couvient renoier, A Mahomet aorer et pryer. Se
ce ne faites, ce sachiez sans cuidier, Ceaus qui ci sont fera tous de-
trenchier Et vous meïsme trestout vif escorchier. . . . . Or
respondés à ce que vous requier, Ne faites pas vo damage engrangier,
De fole emprise se fait bon relaissier.

[58]) Ot. 138 ff.: Messagier sui l'emperéur Carsilie, Ki tient Espanie,
Alexandre et Roussie, Tyre et Sydonie, Perse e Barbarie. Par mei te
mande: leisse cristienie. Crestienté ne valt pas une alie, Et qui la croit,
si fait il grant folie; Mes croi Mahom qui tut le munde guie, Et ciel et
terre et la mer qui ondie; Deviens ses hous et toi et ta lignie, Puis si
t'en vien al riche rei Garsie.

[59]) Horn 2997 ff.: Oez rei de westir a vus sui ca venant; Coe
vus mandent li rei ki sunt al port bruant, K'ici sunt arive de aufrike
la grant, Si sunt frere al soudein de perse dan gudbrant, Ca vienent
desur vus cumme gent cunquerant. Si vus mandent icoe ke d'als seiez
tenant, Cest regne de westir k'est riche e manant. Si rendrez le treü al
soldein amirant Sis fiz sui, si vienc ci le treü demandant; Desormes si
crerrez mahun e tervagant Si vus cest refusez ke nel seéz fesant, Dunc
trouez ki vers mei le seit or defendant, Ke jfaire nel devez ioe l'en
ferai recreant, A dous meillors qu'auez men serai cumbatant, Amdui li
fiz le rei si ont offert lur gant Pur defendre lur lei, si se sunt puroffrant,
Que amdui se cumbatront al sorquide tirant.

der sie ihre Pflicht erfüllen, geht nicht selten bis zur wört-
lichen Wiederholung[60]) des gegebenen Auftrags, und die
Drohungen, die oft schon in den ihnen gegebenen Aufträgen
enthalten sind, werden ohne jede Rücksicht mit auffallender
Kühnheit wiedergegeben[61]). Doch nicht allein religionsfeind-
lichen Herrschern gegenüber werden die Boten zuweilen so
masslos kühn, sondern auch vor Kaiser Karl schrecken sie
als Diener seiner Vasallen nicht zurück[62]).

Ein rücksichtsvolleres Benehmen finden wir dagegen
wieder bei den Friedensboten, mit Ausnahme von den vereinzelt vorkommenden Fällen, in denen der Frieden ange-
boten wird. Diese Friedensboten reden auch kühn wie die
vorhergehenden Boten und lassen den Besiegten in ihren
Reden die Vortheile des Siegers fühlen. In die Friedensboten wird grosses Vertrauen gesetzt, da sich oft Fürsten
ganz auf ihre diplomatische Kunst verlassen und ihnen die
Art und Weise der Erlangung eines Friedens ganz anheim-

---

[60]) Rol., Auftr. Anm. 37, Erledig. 430: Ico vus mandet Carlemagnes
li ber: Que receves seinte chrestientet Demi espaigne vos voelt en fiu
duner. Se cest acorde ne vulez otrier, Pris e liez serez par poested,
Al siege ad ais en serez amenet, Par jugement serez iloec finet La
murrez vus a hunte et a viltet. cf. ferner Anm. 39, Erledig. Anm. 61.

[61]) Fier. 2588 ff.: Sés que te mande Karles, nostre drois avoués?
Que li rens la corronne dont Diex fu coronnés Et les autres reliques
dont Karles est irés, Et en après demande ses chevaliers menbrés; Et
se tu ne le fais si com est devisés Karles te fera pendre par la goule
a .I. pel; .I. grant hardel de soie aras ou col noés Se te menra en
destre com mastin acouplé; Ne trouvera putel où ne soies passés.“

[62]) Aiol 8823: Ne te salu pas, rois, car on nel me commande.
Je sui preus et vasaus por mon cors a desfendre, Ne fuirai par .IIII.
homes, s'en bataille m'atendent. Ses que mande par moi Makaires de
Losane? C'a mout grant tort portes la corone de Franche; Onques
n'apartenistes al fort roi Charlemaine. Mout par sont Francois fel,
quant il le vous consentent! Se ne widies Borgonge, vo neveu fera
pendre Et par desous les forques fera ardoir se feme.

geben **⁶³**). Sie sprechen 'cortois' und 'sage' **⁶⁴**) und suchen durch Aufzählung aller Uebel, die ihr Land durch den Krieg hat dulden müssen, durch Versprechungen **⁶⁵**), Geschenke **⁶⁶**), Bitten **⁶⁷**) und rücksichtsvolles Benehmen **⁶⁸**) sich als erfolg-

---

⁶³) Rol. 73: Par voz saveirs sem puez acorder. Mac. 3217 ff.: Dont je vos pri par droite verité Que pais traities et bonne volenté Avec le roi dont es genres claimés, Et se le faites, vos ferés grant bonté ⁶⁴) Mac. 3267: Dist l'empere: Vos parles saigement. G. R. M p. 287, 15: Garnier parla premier con danzel pros.

⁶⁵) G. V. 1138 ff.: Drois empereres, or oiés ke i'ai quis. Li dus Gerars ke iai fut vostre amins, Voz rant tot quitte Dan Lanbert le marchis: Ke por tot l'or ke soit tresc'a Paris Nel tenist il contre vos .IIII. dis: K'il est vostre hons et iureiz et plevis, Et de vos tient sa terre et son pais. Gardeiz, bons rois, n'aiés vers lui mespris Aleiz an France à Rains ou à Paris O voz irait Dan Ger. le marchis, En sa compaigne mil chevaliers de pris Servirait vos tot à vostre devis. . . . . . 1161: „Drois empereres" dit li quens Oliviers, „Por vos rant quitte Lanbert li berruier, K'il n'ait perdut nen armes ne destrier Nen autre chose ke vaille un soul denier. Gerard mes oncles m'i ait fait envoier. Par moi vos mande, a celer nel vos quier, Que à grant tort le faites guerroier Et son pais gaster et esxillier Mais, s'il vos plaist, aleiz en France arier. O vos irait Dan Gerard le guerrier, En sa compaigne .II. mile chevalier, Servirait vos de greit et volantier. S'il ait mesfait, pres est de l'adressier."

⁶⁶) Rol. 123: Et dist al rei: Salvet seiez de Deu, Le glorius, que deves aürer! Iço vus mandet reis Marsilies li bers: Enquis ad mult la lei de salvetez, De sun aveir vos voelt asez duner, Urs e leuns e veltres chaignez, Set cenz cameilz e mil hosturs muez, D'or et d'argent quatre cenz muls trussez, Cinquante care que carier ferez; Tant i avrat de besanz esmerez Dunt bien purrez voz soldeiers luer En cest païs avez estet asez, En France ad Ais devez bien repairier, La vus sivrat, ço dit mis avoez.

⁶⁷) Mac. 3257: Drois emperere, dist il, à moi enten; Voir vos dirai par le mien escient. Nule riens n'est en cest siecle vivant, Puis que faite est et a pris finement Que retorner puist ariere en noiant, Dont vos pri je, por Dieu l'omnipotent, Que à Kallon, qui est vostres parens, Li pardonés de cuer et de talent, Et sera il a vos commandement De vos servir, il et tote sa gens.

⁶⁸) G. R. M. p. 287, 25: Or parole Tiebert, après Garnier, A guise de baron (u) qui amor quier, Ne respont mot d'orgoil ne traversier.

reiche Friedensboten zu erweisen, und selbst die heidnischen Boten sind als Friedensboten in ihrem Benehmen 'cortois'. (cf. Anm. 66.)

In den Friedensboten finden wir grösstentheils die besonnene und weniger leidenschaftliche Natur von Karl's altem Rathgeber Naimes wieder, während die Boten unter IV mit den Helden des altfranzösischen Epos identisch sind oder denselben sehr nahe stehen.

Allgemeines über die Boten.

Nachdem ich im Vorhergehenden die Boten zu klassificiren versucht und die Weise der Erledigung ihrer Botschaften besprochen habe, werde ich im Folgenden über den Stand der Boten, über die Wahl derselben, über Kleidung und Rüstung, Gehen und Reiten, über die Zahl der mit einer Botschaft betrauten Boten u. a. m. sprechen.

Klasse der Boten.	Es ist vertreten die Zahl:												
	1	2	3	4	5	6	7	8	9	10	11	12	13 u.mehr.
I	10	—	—	—	—	—	—	—	—	—	—	—	—
II	1	1	—	—	—	1	—	—	—	—	—	1	1 (60)
III	38	3	3	2	—	—	—	—	—	—	—	—	1 (81)
IV	48	11	3	7	—	1	1	—	—	2	1	1	1 (13) 1 (301)
V	6	5	1	—	—	—	—	—	—	1	—	—	—
	103	20	7	9	—	2	1	—	—	3	1	2	—

Wir sehen in dieser Zusammenstellung, dass die Fälle, in denen nur ein Bote geschickt wird, bedeutend überwiegen. Von 150 Fällen wird 103 mal nur ein Bote mit einer Botschaft beauftragt, 20 mal zwei Boten, 7 mal drei Boten etc.

Der Liebesbote geht infolge der Natur seines Auftrages stets allein, und von anderen Boten wird nicht selten erwähnt, dass sie ohne Gefährte seien [69]). Man kann demnach annehmen, dass es Gesetz war, nur wenig Boten zur Ueberbringung einer Botschaft zu benutzen.

Was nun die Namen derselben betrifft, so werden diese in 150 Fällen 91 mal genannt. Im Allgemeinen werden die Namen der Boten unter I, II, IV, V, genau angegeben; aber in den Fällen, in welchen mehrere Boten abgesandt werden, ist es nicht selten, dass nur der Name des Sprechers genannt wird.

Die Wahl eines Boten bringt viele Schwierigkeiten mit sich, denn es ist erforderlich, dass ein zuverlässiger und tüchtiger Ritter die Botschaft überbringt [70]), und man ist oft, besonders bei den Boten unter IV und V, im Zweifel, wen man mit der Botschaft betrauen soll [71]), da man verlangt, dass der Bote weise [72]), höfisch [73]) und beredt [74]) ist,

---

[69]) G. R. M. p. 353, 1: Monte Begue el cheval sanz compaignon.

[70]) Enf. Og. 2055: Une coustume à celui tans estoit, Que grant message nus garcon ne faisoit. G. R. M. p. 316, 31: Mesagier ne valt rien quant il mesprent.

[7]) Mac. 3229: Mais qui porrons, fait il, i envoier. Ch. Og. 1424: Dist l'amiraus: Qui m'i porroit aler? R. M. p. 4, 34: U iert pris li mesages que là envoieres? Lothr. 208 b: Mais de messaie sui ie molt esgarez. F. C. p. 149, 8: Qui fera cest message? Gaufr. 5287: Mès esgardés de nous qui sera mesagier.

[72]) Rol. 315: Mais saives hom il deit faire message. Rol. 24: Blancandrins fut des plus saives paiens De vasselage fut asez chevaler Prozdom i out pur sun seignur aider.

[73]) G. R. M. 342, 10: E prist trente mesagers proz e cortois. F. C. p. 149, 8 ff.: Qui fera cest message? ce dist le quens de Blois, Bien le saurai trouver, ce rependi le rois: Gufroy, le fils Henry, qui est sage et cortois. Aiol 3757: Li mesages . . . . Qui fu preus et cortois et afaities.

[74]) Ch. Og. 1413: Car pren un mes qui bien sace parler.

dass ferner seine Gestalt eine imposante ist[75]), dass er als fordernder und als Friedensbote tapfer und kühn ist[76]). Zuverlässig[77]) und verschwiegen sollen ferner alle Boten sein und auch des Landes oder des Ortes kundig, wohin sie geschickt werden[78]). Auch sind sie nicht selten mehrerer Sprachen kundig[79]). Die christlichen Boten werden auch als fromme Christen geschildert[80]). Die Friedensboten sollen beredt und weise sein und um Gnade und Frieden bitten können[81]).

---

[75]) Gaufr. 3756: Tierri fu moult courtois et moult bel bacheler, Et as armes estoit hardi comme senglier. Ren. Ms. A. 65 b. 28: Bel bacheler esteit e si n'ert gueres grant, De bele chere esteit e semblout ben vaillant.

[76]) Gauf. 2594: Sire, ohen dist Hernaut, savés que vous ferés? Qui aroit .I. mesage hardis et adurés, Qui bien se deffendist s'il estoit encombrés. Ch. d. S. XXI, 5: S'eslisez .III. messages an ceste vostre gent, Qui facent vo besoigne bien et hardiement. R. M. p. 10, 16: Mais .I. tex hom i aut qui ne soit pas bricon; Hardis soit et engrés et fier comme lion.

[77]) Syr. 81: Lors veit venir un clerc de grant discretion. Berte 1594: Envoierent en France Blancheflor et rois Floire Un certain messagier, qui bien faisoit à croire; Pour bien faire un message n'estuet pas c'on le loire, Ne ressambloit pas ceus qui tant font par trop boire Que il en pardent si le sens et le memoire Qu'il ne saroient pas dire parole voire.

[78]) Ren. Ms. A. 58a 15: Dunc at l'emperere Galatin apele Cil fut sun messagier, Kar ben sout le regne. Syr 58: Un messagier aureiz, ainz que seit la vespree, Qui set tot le pais d'oltre la mer salee Rome e Constantinoble . . . .

[79]) G. l. L. I. p. 97, 16: Li mes parolent qui sunt enlatinie. Horn 1349: Mut sunt bien cunreie e si sunt de parage, Si sunt bien enparle chescun en sun langage Latimiers ont od eus pur mustrer lor corage, Que de plusurs latins sunt escole e sage. Aym. p. 46, 6: Mes tuit sont sages et bien enlatine.

[80]) G. l. L. I. p. 78, 2: Se ne voulrons renoier Jhesu Crist.

[81]) Mac. 3224: Un vo mesage qui soit de grant bonté, Qui bien parler saiche et querir pité.

Auch auf die Herkunft der Boten wird besonders ge-
sehen, besonders bei denen unter II, IV, V, und wir
finden Fürsten [82]), Fürstensöhne [83]), Grafen [84]) und Barone
als Boten. (Ueber den Stand der Boten unter I und III,
cf. p. 9, 11.) Geistliche versehen sehr selten die Stelle eines
Boten und wo sie es thun, sind sie Geistliche von hohem
Range [85]).

Mit einer Botschaft betraut zu werden, war daher eine
grosse Ehre [86]), besonders da oft viel von dem Boten ab-
hängig war und der Absender sich oft auf dessen ganze
Geschicklichkeit verliess. Eine Botschaft zu überbringen,
wurde daher der Ehre wegen mit grösster Bereitwilligkeit
und mit Freuden [87]) angenommen. Man bot sich sogar als
Boten an und wetteiferte mit einander um die Ehre [88]) und

---

[82]) Enf. Og. 1985: Il seroit bon c'on feïst arréer Un de vos
princes qui bien seüst parler.

[83]) Rol. 2671: Vus estes filz à l'rei Maltraien. Enf. 1431: Karaues,
Sohn des Königs von Orcanien. Ot. 234: Sire, dist il, Otes li Sarrazins,
Fiz sui al rei Galien au fier vis.

[84]) Aym. 45, 12: Cis messagiers que je vous ai conte Furent LX
esleu et nombre.

[85]) G. B. 1661: Archevesques Turpin.

[86]) Enf. Og. 2069: Qui tel message adonques enprenoit A grant
hounour chascuns li atornoit.

[87]) Fier. 5450: Sire, ce a dit Guenes, moult volentiers irons.
Gayd. 5877: ...... Par Deu que ne menti, Moult sui joians quant
m'i avez choisi. Berta 264: No le fo nul li qual s'en escusa Çascun
li vait de bona volunta. Lothr. f. 236 c: Dist Mav. volentiers et de gre.

[88]) Agol. 94 ff.: Devant Karlon s'en vet (Ogier) agenoillier En
haut parole comt .. iex chevalier: „Biau sire rois, ne vos doit ennoier:
En vostre cort n'a un seul chevalier; Qui miex de moi puist estre
messager, Biau sire rois ne vos doit ennoier: Ge veol por vos en Aspremont poier, Se truis Hiamon ne Agolant le fier, Bien li sarai enquerre
et encerchier Por coi i veolt vo terre chalengier, Et bien sarai vostre
droit desresnier." 110 ff.: „Sire", dist il (Fagon) „entendez ma reson.
Vo parenz sui, vo nies et vo baron De vos tien tors et l'enor environ,
Vo seneschaus de vo mestre meson; Si doi porter le roial gonfanon.

selbst Naimes, der alte Rathgeber Karl's, bittet, ihn mit
einer Botschaft zu betrauen [89]).

Eine Botschaft bringt oft auch viele Gefahren mit sich,
und besonders gelten die Botschaften an Heiden als gefährlich,
da die Boten in diesen Fällen oft Gefahr laufen misshandelt
oder getötet zu werden, denn die Heiden sind „felon". Als
in Fier Roland bestimmt wurde, nach Spanien zu den Sarra-
zenen zu gehen, da traten Naimes und Basins de Genevois
auf und baten ihren Herrn, solche edle Barone auf
diese Weise nicht dem Tode zu weihen [90]). Auch treten
die Boten nicht ohne banges Vorgefühl ihren Weg zu den
Heiden an [91]), denn vielfach sind sie auf ihren Tod gefasst.

„Sire" dist il entendez ma reson ge puierai por vos en Aspremont.
123 ff.: Si haut parla que partot fu ois (Dan Symon de Paris) Se dist à
Karle: „Ne soiez maupensis Que ia paien vos toillent cest pais. . . . . . .
. . . . assez savez qu'en Saissogne vos fis. En Aspremont, s'il est
vostre plessirs, Irai parler à presanz Arrabis". 135 ff.: Em piez s'en
drece li bon dux Auboin; . . . . „he rois de France dist il,
„ce est la fin: Ge puierai d'Aspremont le tarin, Et si verrai s'auques
sunt Sarrazin".

[89]) Ch. Og. 3577: Il (Naimes) vint au roi, si l'a araisoné: „Drois
empereres, à moi en entendéz; Encor puis ben chevalcher et errer: Icest
message doi-je ben aciever." B. B. 6366 ff.: Ensi c'on eslisoit s'en est
em pies salis Li riches quens Tangres, qui tant fu seignouris. Seignour,
che dist Tangrés „entendés à mes dis: Aler voeil à Boulongne pour
querre le marchis, Si le vous amenrai, s'il plaist à Jhesucris." B. B.
6376: Sire che dist Tangrés, par Dieu de Paradis, Se pour ce le laissoie,
je en vaurroie pis, Opprimes me seroie laidement on fait mis A Boulongne
en irai avoekes mes subgis.

[90]) Fier. 2278: Sire, ce dist dus Namles, merci, pour amour De!
Rollans est vostre niés et de vo sereur nes, Se vous l'i envoiès, jamais
ne le venrés. 2285 Basins·de Genevois . . . .: Sire drois emperere, pour
amour Diu oiés, Pour coi volés ocirre ces barons droituriers?

[91]) Aiol. 8778: Makaires·est quivers, n'a point de dieu entente Se
vers moi se corouche, bien tost me fera pendre. Rol. 292: En Sarraguce
sai ben qu'aler m'estoet: Hom ki la vait repairier ne s'en poet. Gaufr.
2632: Bien soi que vous ferés richement le message Mès paien sunt

Dass eine Botschaft zu den Christen gefährlich sei, wird sehr selten erwähnt. Karl wird von heidnischen Boten selbst als edel geschildert [92]).

Haben die Boten einen Auftrag übernommen, dann wird ihnen aufgegeben, weise und beherzt, überhaupt so zu sprechen, dass sie keine Schande davontragen [93]). Sie sollen aufrichtig sein und nichts von dem verheimlichen, was ihnen aufgetragen wurde, auch sollen sie nicht lügen [94]). Diesen Ermahnungen versprechen die Boten auch zu gehorchen [95]).

Ueber Rüstung und Kleidung der Boten werden wir am besten bei denen unter II, IV, V unterrichtet. Die Boten sollen immer in Waffen erscheinen [96]), und sie tragen auch grösstentheils volle Rüstung und die kostbarsten Waffen und Kleider. Die Rüstung zu tragen, ist nothwendig, da sie, wie schon bemerkt, vielen Gefahren ausgesetzt sind und sich durch dieselbe auch legitimieren sollen, denn die

---

felon et de moult put courage. Se vous avoient mort et tourné à damage.

[92]) Ch. Og. 1429: Dist Karaheus: „Jà mar em doterés Car Kalles est tant gentis et tant ber Qu'il nel feroit por les membres coper".

[93]) Ch. Og. 3634: Gardés, Bertran, qu'il n'i ait lasquetés Que li messages ne soit tres ben contés. Par. 2264: „Alez i, sire frere, dit Hugues li senez Et si vos gardes bien de folement parler".

[94]) G. l. L. p. 155: Dites li bien, gardez n'en soit menti. R. M. p. 11, 16: Or parles sagement ne soies pas bricon. R. M. p. 151, 33: Par mon chief, ce dist Karles, vos le m'afieres, Que, por paor de mort, riens ne li celeres. R. M. p. 116, 1: De moie part li dites gardes ne li celes.

[95]) Aiol 9796: Sire dist Guinehos, ce li sarai bien dire. Aiol 8780: Certes, je nel larroie por a perdre les menbres, Je n'i voise parler, comment que li plais prenge. R. M. p. 5, 20: Sire, dist Enguerrans, et je le vus otroi, Jà por paor de mort ni lairai çou ne coi, Que tot çou ne li die que manderes pas moi.

[96]) Gaufr. 3751: Tierri a fet ses armes à sa sele trousser, Que messagier ne doit pas sans armer aler.

Rüstung bedeutet, dass die Botschaft eine wahre ist [97]). Der Liebesbote trägt meistens keine Rüstung. Auch bei den werbenden Boten werden Waffen selten erwähnt, und wo sie erwähnt werden, wissen die Boten im Voraus, dass sie zu kämpfen haben. Im allgemeinen lässt sich annehmen, dess man ohne Waffen und Rüstung zur Brautfahrt ging. Dagegen tragen sie kostbare, reich verzierte Kleider, seidene Mäntel und Hosen und Schuhe von Cordua (cf. Schulz 220 I), auch nehmen sie Fahnen mit sich. Bei den Boten III werden nur die Kleider erwähnt und keine Waffen. Alle anderen Boten dagegen tragen meistens schwere Waffen und Rüstungen. Spiess, Schwert, Schild und „halsberg", auch Fahnen und Lanzen gehören zu dieser Rüstung [98]). Die Fahnen wurden, wie im Krieg, an die Lanzen gebunden [99]). Kostbare Gewänder, feine Pelze, Hosen, Hemden, Schuhe von bester Art sind neben der Rüstung nicht ausgeschlossen [100]), besonders bei den Friedensboten, bei denen

---

[97]) Enf. Og. 2065: Li armeüre adont senefioit, Que son message vrai et certain feroit.

[98]) R. C. 2227: Il vest l'auberc, tos fu l'elme laciés; El destrier monte, ces escus n'est pas viés. Fier. 5452: Ricement fu armés du hauberc fremillon, Et sist sor .I. ceval c'on apele Gascon. As on col a pendu un escu a lion. Puis a prins une lance à tout le gonfanon. Aiol 4653; Il metent as almaries (= hiaumieres cf. Schirling Verteidigungswaffen § 268) les bruns elmes d'achier, Et avalent es coufres les blans aubers doubliers, Et menerent en destre les boins corans destriers, Et portent les escus et les tranchans espieus. Rol. 343: Guenes li quens s'en vait à sun ostel, De guarnemenz se prent a cunreer, De ses meillors que il pout recuvrer; Esperuns d'or ad en ses piez fermez, Ceinte Murglies s'espee à sun costet.

[99]) Lothr. 192c: Guillaume s'arme devant le tre Fromon, En son dos vest .I. auberc fremillon Lache la coiffe et le haume reon Et caint l'espee au senestre geron L'en li amene le bon destrier gascon De plaine terre est saillis en l'arcon A son col pent .I. escu a lion E en son puing .I. espiez qui fu bon A .III. clos d'or frema el confanon.

[00]) Rol. 462: Afublez est d'un mantel sabelin, Ki fut cuvert d'un palie alexandrin. cf. Anm. 98 Rol. Ch. Og. 1436: En son dos vest un hermin engolé Et pardessus un bliant gironé; A son col at un mantel

zuweilen auch ein Bote zu Fuss geht und keine Waffen trägt, vielleicht als Zeichen der Unterwürfigkeit oder der inständigen Bitte [101]).

Die Waffen waren oft mit kostbaren Steinen, mit Gold und Silber verziert [102]). Auf diese Weise kam es, dass ein Bote oft wie ein „Pfalzgraf" gekleidet war [103]).

Sehr selten finden wir einen fordernden Boten unbewaffnet oder mit einer unritterlichen Waffe versehen, wie in Gaufr., wo der Bote eine Keule trägt [104]).

Um die Botschaft schnell zu erledigen, bedienen sich die Boten nach Rittersitte der Pferde und zwar der besten Arten, öfter jedoch auch der „muls" und Dromedare. Aus

---

afublé, A botons d'or l'a à son col fremé. G. R. M. p. 313, 10 ff: Brages ves te chemise de ben chainsil Onc ne veistes drap, tant fust delgil, Vers cestui tenisseiz autres à vil; E furent li chauçon d'autreteil fil. Chauces chauça de paile, d'un aufrican Sollars vermelz à flors resplendisan, E desus unes hoses de cordoan, E esperons d'argent à or luisan: En la cort à cel conte, lai où iran, Nul tant bien conreat ne verra l'an. Un peliçon vesti molt ben, hermin, Bien entaillat à bestes de marmorin; Affublat un mantel freis, sebelin, La volsure d'un paile alyxandrin; Les ataches en furent de ben or fin. Vait oreir au mostier bien par matin.

[101]) R. M. p. 383, 25: A pie, tout sans cheval, vestu sunt de samit'

[102]) Enf. Og. 2073: De riches armes a son cors arréé, Courtain a ceinte au senestre costé Hiaume ot el chief tres bel et bien doré Où mainte pierre avoit de grant chierté. A son col pent .I. fort escu listé Et en son poing .I. espiel painturé. A hanste roide et à fer aceré. G. R. M. p. 315, 28: Quant il furent montat en un solier, Ileques s'arma Pierres com chevalier. Vestent li un hauberc fort e entier Que Karles aporta de Mont Disdier; Il fu ovré d'argent e d'or cuit mier, La ventaille, à eschas e de quartier: Il fu ovré en Inde, celer nun quer: Là le firent part art dui habergier, En France l'aporteirent dui mercadier; .... Il a ceinte l'espade au senestrier. Ne véistes teil arme à cel mestier. Une targe à son col qui fu d'or mier, La bocle d'or d'Araibe vermeile chier, Et hanste fort e rade à cel mestier.

[103]) G. R. M. p. 100: Quan fo vestiz a guia de palaisi.

[104]) Gaufr. 9331: Puis a vestu l'auberc, l'elme luisant, Et a chainte une espée à son senestre flanc. Puis a pris en son poing une mache pesant.

folgender Zusammenstellung kann ersehen werden, in welchem
Verhältniss man sich der verschiedenen Thiere bediente:

	palefroi	destrier	cheval	muls	drom.	rous
I	1	—	1	—	—	—
II	2	—	—	—	—	—
III	1	6	6	2	—	1
IV	5	15	15	4	4	—
V	—	3	4	2	—	—
	9	24	26	8	4	1

Daraus ergiebt sich, dass in 72 Fällen, in denen das
Reitthier genannt wird, 9 mal „palefrois", 24 mal „destriers",
26mal „chevaux", 8mal „muls", 4 mal „rous" gebraucht werden.
Da „cheval" ebenso gut „destrier" wie „palefroi" sein kann,
(cf. Bangert p. 9,15), so kann man behaupten, dass die
Boten vorzugsweise das Schlachtross (destrier) zum Reiten
gebrauchten, was schon daraus hervorgeht, dass sie meistens
zur Zeit eines Krieges geschickt wurden und meistens mit
Waffen und voller Rüstung erscheinen. Bei vielen Boten
z. B. III kommt es auf sehr schnelle Erledigung ihres Auftrags an, sie benutzen deshalb entweder „corant destriers"
oder auch „dromedaires". Dromedare werden aber nur von
Heiden gebraucht besonders wegen ihrer Schnelligkeit, denn
„sie sollen schneller laufen als ein Rebhuhn fliegt" [105]).
Die Liebesboten gehen grösstentheils zu Fuss, da sie
auf geheimen Wegen ihre Botschaft zu überbringen haben,
die sie reitend nicht zurücklegen können.

[105]) Fier. 4278: Mais n'i voel dromadaire pour cevaucer mener,
En.I. jour en vaurroie.XIV. trespasser; Ja pour.C.lieues courre ne me verrés
lasser. Gaufr. 9433: Salemon le convers estoit tout fervestis; A une
estable va courant, tout ademis, Si eu traist une beste qui estoit de
grant pris: Dromedaire l'apelent paien en lor pais, Et queurt plus tost
assés que ne vole pertris.

Bei den Friedensboten kommen „muls, chevaux, destriers" zur Verwendung. Bei den werbenden Boten werden in den wenigen Fällen, in denen Reitthiere erwähnt werden, nur Edelpferde (palefrois) genannt. Alle Pferde sind von bester Güte und kommen aus den Ländern, wo die besten Pferde erzogen worden sein sollen (cf. Bangert p. 93 u. 116), z. B. aus Arabien, Arragonien etc. Wie die Rüstung der Boten kostbar war, so waren auch die Pferde oft mit kostbaren Zügeln und kostbarem Sattel versehen [106]). Hier und da mag es Sitte gewesen sein, besonders bei den wichtigen Botschaften, dass Boten zwar „destriers" mit sich führten, aber während der Reise auf „palefrois" ritten [107]).

Die Zeit der Abreise der, Boten ist meistens Morgens bei Tagesanbruch. Ist die Reise gefährlich, dann ziehen sie bei Nacht weg [106]). Die Liebesboten wählen, da ihr Auftrag geheim gehalten werden soll, einen Zeitpunkt, der sie am meisten vor der Gefahr schützt entdeckt zu werden; sie reisen meistens des Abends ab.

Wie weit die Boten geschickt werden, darauf kommt es nicht an. Wir sehen sie aus einem Lager in das gegenüberliegende, aus einer Stadt in eine benachbarte, aus einem Land in ein anderes und sogar aus einem Erdtheil in einen anderen gehen. Wir haben Boten, die aus der Gascogne nach Köln geschickt werden (Lothr. 236a), andere die von Cambrai nach Paris (R. C. 257), andere die von Paris nach

---

[106]) Rol. 91: Li frein sunt d'or les seles d'argent mises. Berta 296: de riçe robes fo ben caschun E palefroi richament açesme. Aym. 45, 27: Chescun chevauche bon mulet sejourne Ou palefroy richement ensele.

[107]) R. M. p. 116, 18: Des palefrois descendent es cevals sunt montés. Aub. 846: Montes estoit sus .I. moult bel coursier .I. palefrois le sieuoit par derier.

[106]) G. l. L. I. p. 178, 3: Tant attendi li mes qu'il fut à nuit Hues s'en ist dont enforce li cris. G. l. L. II. p. 104, 14: Vespres estoit quant de l'ost départit. Lothr. 208b: Tant demora que il fu avesprez.

Bordeaux gehen, andere werden von Frankreich nach Spanien
(Rol. Aiol), Dänemark (Gaufr.), Italien (H. C.) und andere
wieder von Frankreich nach Babylonien (Huon), Indien
(Syr.) etc. geschickt.

Oft ist es Sitte gewesen, dass die Boten Knappen
mit sich führten, die entweder ihre noch mitgenommenen
Pferde führen[109]) oder ihre Waffen tragen [mussten[110]), da
die Boten oft ihre Waffen erst anlegten, wenn sie am Bestimmungsort ankamen. Auch wird ihnen nicht selten ein Stück
Weges ein ehrenvolles Geleit von Seiten der Verwandten,
Ritter und selbst Könige zu Theil[111]).

Bei der Abreise vergessen die Boten niemals, von ihrem
Herrn Abschied zu nehmen; ebenso gehen sie auch nie nach
Erledigung ihrer Botschaft von fremden Herrschern fort,
ohne Abschied genommen zu haben und wo dies nicht geschieht, geschieht es aus Unwille über ein schlechtes Resultat[112]) oder aus Verachtung.

Die Boten halten für eine grosse Pflicht, ihre Botschaft
so schnell als möglich zu erledigen und die Eile spielt bei
allen eine sehr grosse Rolle[113]). Sie reiten theilweise so
stark, dass die Sporen blutig sind[114]), oder dass sie mit

---

109) G. R. M. p. 316, 13: E nun mena o sei nul compaignier,
Fors Ascelin, son niés, le filz Aschier Icelui menera son ben destrier.

110) Chev. Og. 3704: Ses autres armes porte ses esquiers; Ce fu
Ponchons qui mult fist à proisier.

111) Berta 3712 ff.: Et quando i venent a prender li conce Li
rois meesme fu a cival monte Cum plus de mil de li son parente Avec
lor i sont çivalçe Plu de dos legue fora de la cité.

112) Gayd. 6128: Lors est montez, plus n'i est atargiez; Dou roi
s'en part, onques n'i quist congié. Aiol 8891: Atant s'en est tornes,
onques congie n'i quist.

113) R. M. p. 59, 7: A guise de mesage, ne se volrent targier.

114) Lothr. 228b: Li messaigers est el pales montes Les esperons
ot toz ensanglentes.

von Schweiss durchnässten Pferden ankommen [115]). Sie reiten zuweilen Tag und Nacht und legen viele Meilen an einem Tag zurück. Ebenso eilig ist auch die Rückreise.

Ist ein Bote am Bestimmungsort angelangt, dann steigt er meistens unter einem schattigen Baume nieder. Als solche Bäume werden genannt: Fichte, Olive, Oelbaum und zuweilen der Eibenbaum [116]). Christliche Boten steigen in den meisten Fällen unter einem Fichten- [117]) oder Oelbaum [118]), heidnische dagegen unter einem Olivenbaum [119]) nieder.

Nach der Ankunft werden sie dann vor den fremden Herrn geführt und erledigen ihren Auftrag stets zu Fuss und ohne Waffen [120]). Es gilt als besonders herausfordernd und beleidigend, bei der Erledigung der Aufträge nicht vom Pferde zu steigen. Deshalb steigen die Friedensboten vom

---

[115]) Lothr. 255c: Es .l. mesage qui monte les degres Ses chevax fu travilliez et penez Et il meimes dedenz le cors navrez Dun fort espiel tranchant et afile.

[116]) Rol. 405: Tant chevalcherent e veies et chemins Qu'en Sarraguce descendent suz un if.

[117]) R. M. p. 124, 20: Et descent au perron desous le pin ramés. F. C. p. 160, 23: Le mesager descent sous le pin en l'ombrage. Lothr. 235c: Tant a erre et p ar nuit et par diz, Qu'il vint a Ais .l. mecredi matin Il descendi al perron soz le pin. Lothr. 248b: Descendi sunt soz le pin verdoiant.

[118]) Lothr. 236c: Parmi la porte sunt en la vile entre Descendu sunt soz l'olivier rame. Ch. Op. 4060: Et descendirent sous l'arbre d'olivier. R. M. p. 12, 26: Atant es vos Loihier et tot si bacheler Desos .l. olivier prendent à arrester.

[119]) P. O. 1272: Il descendirent en l'ombre soz l'olive. Rol. 2705: Lur chevals laissent dedesuz une olive.

[120]) Mac. 3210: Et quant il fu del cheval desmontés Et de ses armes quant il s'est depoillié. G. V. 1086: Devant le tref Karlemaine à vis fier Dessant à pié Lanbers le berruier. G. d. V. 1127: Devant le roi Karlon de 8. Denis Vient Olivier tut à pié li hardis. Si desfubla le riche mantel gris Ariere lui l'ait li damoiselz mis.

Pferde, die unter IV erledigen aber oft ihre Botschaft zu Pferd [121]) oder in Waffen [122]).

Der Empfang, der ihnen von dem zu Theil wird, zu dem sie gesandt sind, ist meistens ein guter, sofern das erste Benehmen der Boten ein gutes ist. Sie werden höflichst begrüsst [123]), willkommen geheissen und nicht selten mit Küssen empfangen als Zeichen aufrichtigen Sinnes [124]). Man eilt ihnen, die Hände zum Gruss darreichend, entgegen und versichert sie des besten Willkomms [125]). Dagegen werden Friedensboten nicht selten kühl empfangen, besonders wenn sie um Frieden bitten [126]). Karl gibt jedoch allen Boten einen gleich freundlichen Empfang.

Die Art und Weise, wie die Boten fremde Fürsten oft anreden oder begrüssen, gibt uns Veranlassung, ihre Treue, Kühnheit. ihr öfter rücksichtsloses Benehmen zu bewundern. Es ist Gesetz, einen fremden Herrscher bei der Ankunft [127]) zu begrüssen und als besonders beleidigend

---

121) Horn 2991 : Il trestut a cheval qu'il ne fu descendant Issi par grant orgoil sun message iert disant. cf. ferner Aiol 8820 ff.

122) G. B. 1828: El palais en monterent tuit li V mesagier Les escus devant eus, tienent les brans d'acier. cf. ferner Ch. Og. 4062 ff.

123) G. l. L. .I. p. 52, 8: Encontre drescent li viel et li meschin Li rois méismes à l'encontre li vint Qui li escrie: Bien puissiez vos venir.

124) G. l. L. .I. p. 153, 4: Atant es-vous Droon qui descendit, Encontre va li Flamans Bauduins Lés bras au col par grant amour li mist Et le salue com jà pores oïr: Droés d'Amiens, bien puissiez vous venir! Alïsc. 8208: Loeys prist aval à esgarder Et voit les contes qe il pot molt amer. Molt liement les courut acoler. R. M. p. 312. 7: Elle corut Ogier baisier et acoler, Et duc Naimon de France et Torpin l'ordene.

125) G. R. M. p. 318, 23: Guerart dreça en piez, quant Perron vit, Et prist le par le poing, leiz sei l'asist.

126) P. D. 2273: Et li dus lo regarde par moult ruste fierté: Amis, Dex te maudie, qui maint en trinité! cf. ferner G. R. M. p. 287, 15 ff.

127) Horn 1357: Primes l' ont salue si cum iert dreit usage.

gilt es, denselben nicht zu begrüssen, was nur bei den Boten unter IV vorzukommen pflegt. Solche Boten erwähnen ausdrücklich, dass sie ihrerseits nicht daran denken, zu grüssen[128]). Der Gruss oder die Anrede richtet sich aber meistens nach der Art des Auftrages. Der Liebesbote ist in seinen Begrüssungen oder in seiner Anrede sehr kurz.

Die Anrede oder Begrüssung ist selten eine kurze. Sie beginnt bei Christen meistens mit Anrufung Gottes oder Jesus oder eines Heiligen und mit Erwähnung aller Wunder, die Gott durch Jesum an der Menschheit gethan oder mit dem Wunsche, Gott möge den beschützen, der den Boten gesandt hat und den, zu dem er gesandt wurde. So beginnen sie z. B. mit der Erwähnung Jesus, der an's Kreuz genagelt wurde, der aus Wasser Wein machte[129]), der niemals lügt, der von Maria geboren wurde[130]) oder Gottes, der die Welt[131]), der Adam und Eva geschaffen[132]) u. a. m. Jeder

---

[128]) Ot. 67: Ne te salu, K'a dreit faire nel dei. R. M. p. 152, 23: Je ne vos salu mie, jà mar le cuideres. Aiol 8823: Ne te salu pas rois, car on nel me commende.

[129]) G. l. L. I. p. 75, 4: Cis Dame Diex, qui dę l'aigue fist vin Au jour des noces de saint Arche declin, Il sant et gart le riche roi Pepin! Sa force croisse, son barnage et son lin, Par quoi il puisse son règne maintenir. R. C. 2149: Cil Damediex qi fu mis en la crois Et estora les terres et les lois Il saut R. et trestous ces feois Le gentil conte cui oncles est li rois.

[130]) Girb. d: M. p. 499: Il salua From. le posteis Cil damedeust qui onques ne mentit, Et de la vierge en Belleant naiquit, Si saut e gart l'empereor Pipin Girb. de Mes et Hernaut et Gerin Et il confonde lor morteis anemis.

[131]) Lothr. 236a: Cil damedieus qui le mont establi, Il saut et gart le riche roi Geris, Et sa moillier la belle Biautriz, Et sa mainie qu'il a a garantir. G. l. L. I. p. 179, 1: Cil dame Diex qui le monde establit, Qui la mer fist et les poissons i mist, Force vous doint contre vos anemins.

[132]) Gaufr. 9845: Chil Damedieu de gloire qui fist parler l'ymage Et prist char en la vierge Marie, qui fu sage, Chil saut le preus Gaufr. et il et son barnage. F. C. p. 4, 4: Cil Dex, qui fist Adam et puis

Bote ruft natürlich seinen Gott an. Im Allgemeinen richtet sich die Anrede oder der Gruss nach der Art des Auftrags. Die Friedens-, Liebes- und werbenden Boten führen in ihren Grüssen und Anreden eine sanfte Sprache, nicht immer dagegen die fordernden Boten. Diese vertreten nur das Interesse ihres Herrn. Wenn sie überhaupt einen fremden Herrscher begrüssen, dann sind sie oft derb und rücksichtslos. Sie gedenken in ihren Begrüssungsworten nicht selten zuerst des eigenen Herrn und dann des fremden [133]), oder beschimpfen und bedrohen sogar letzteren [134]).

Die Boten tragen ihre Botschaft gewöhnlich laut [135]) vor versammelter Menge, vor den bei dem Herrscher sich befindenden Baronen vor [136]). Auch lässt zuweilen ein Fürst sein Volk sich versammeln, um die Botschaft eines Boten anhören und nachher darüber entscheiden zu können [137]).

Evain Et ses péchez pardonna Mariain, Cil gart Huon et quant qu'il a en main. R. M. p. 37, 11 : Cil Dame Deu de gloire qui fist Eve et Adan Et terre et ciel et lune à son commandement, Ki por nos rachater sofri pain' et haan Il saut le meillor roi qui onques fust vivant.

[133]) R. M. p. 152, 18: Cil dame Dex de gloire qui maint en majesté Et forme ciel et terre, tot à sa volenté, Cil beneïe Karle, le meillor coroné Qui onques fust en terre n'en la crestienté.

[134]) Aspr. p. 63, VI 13 u. IV 17: Cil Macomet che pain ot progie· Por cui nos sumes crescu et aleuie, Salui Agullant et Heumon li prissie, Triamodes et Gorant l'insenie. IV, E Sinagon Lampal e Danebré, E tot li pople qu'à lor sunt aioste, E Dane e Ulien de Sarça l'amiré, Que plus oit proece qu'a lions abreue, E toi confunda, Karles oltracuidé, E tot quique t'ont si consillé Que nos a tant longes travaillé.

[135]) Huon 339: En hant paroleut, qui bien seurent raisnier. Loth· 228b: Il parla haût et bien fu escoutez.

[136]) R. M. p. 14, 14: Ce fu par .I. matin que l'aube fu crevée, Que li fiux Charlemaine à la barbe meslee S'en entra en la sale menuement pavée.

[137]) Horn 2979: Lais le avant venir, si l'orumd eraisoner Quels nou eles il dit e ke veut demander, Mes ainz faites ma gent tute caenz mander Qu'il pussent oue mei qu'il dirra escuter E cunseil prendre de aus s'il veient qu'ai mestier.

Nachdem die Barone oder Rathgeber die Botschaft gehört, pflegten sie sich zu versammeln, um über die Nachricht Rath zu halten [138]).

Das grosse Interesse, das sie für ihre Sache haben, zeigt sich auch in den erzielten Resultaten, denn über ein gutes Resultat sind sie höchst erfreut, und es gilt als schimpflich, ein schlechtes Resultat zu erlangen. Das Resultat überbringen sie ihrem Herrn ebenso treu wieder, wie sie die Botschaft überbracht haben, es mag gut oder schlecht sein. Sie berichten ihrem Herrn genau wie sie gehandelt, was sie erzielt und erlebt haben und nur sehr selten lässt sich ein Bote zur Mittheilung eines falschen Resultates bestechen.

Nachdem die Boten die Antwort auf ihre Botschaft erhalten hatten, pflegten sie sich eiligst wieder auf den Weg zu machen und liebten nicht, lange bei fremden Herren zu verweilen [139]).

Vor ungebührlicher Behandlung soll die Boten das Gesetz der Unverletzlichkeit schützen. Der Bote soll seine Botschaft ohne bedroht oder misshandelt zu werden, vortragen können [140]). Dieses Gesetz wird auch bei allen

---

[138]) Horn 1365: Les tables fet oster e coe delivrement En ses chambres s'en vait tenir un parlement. cfr. Anm. 137.

[139]) Ren. Ms. A. 57 a 10: Icele nut est le message suiorne ......
Le matin einz l'albe dilokes est torne. Berte 1635 ff.: L'endemain par matin droit apres l'ajornee Se leva li messages. .....

[140]) B. B. 1598: Puis que estes messagiers dont n'est ce mie drois Que je plus vous mesface qui vaille deus tournoys. G. V. 1387: Mal ait la cort où on ne peut parler et où on n'ose son mesaige conter. Agol. 1059: N'afiert à roi qui gentis est et ber Qui doie la messager destorber Or me lessiez mon message conter. Ch. Og. 4521: Che n'en iert jà, se Deu plaist, esgardés, Que messagiers soit férus n'adesés. Aiol 4026: Je sui mes de Nubie, roi Mibrien, Je ne doi avoir garde ne mal ne bien, Ne doi estre batus ne laidengies. R. M. p. 153, 20 Nus mesagiers ne doit mal oïr ne trover. Cil a dit son mesage, il li fu comendé Ausi ferions nos, s'il nos estoit rové.

Boten innegehalten, mit Ausnahme der Boten IV. Diese verschulden eine diesem Gesetz nicht entsprechende Behandlung
meistens selbst durch ein zu kühnes und freies, ja unwür-
diges Benehmen. So kommt der heidnische Otinel vor Karl,
grüsst ihn nicht, sondern redet ihn mit den grössten Ver-
wünschungen an [141]). In Gaydon nimmt der Bote einen
Fichtenzweig und wirft ihn dem König vor die Füsse und
spricht seine Missachtung gegen den König aus [142]). In G.
l. L. heisst der Bote Pipin's Fromont einen Lügner [143]) u. a. m.
Auf diese Weise ziehen sich die Boten oft selbst ihre Strafe
zu. Doch ist Kaiser Karl den heidnischen Boten gegenüber
sehr nachsichtig (cf. Ot. 67 ff.). Oft ist dagegen ihre Behandlung am fremden Hofe eine sehr rohe. So geschieht es, dass
man einen insolenten Boten Körperverletzungen zufügt oder
ihm durch allerhand Grausamkeiten, durch Ausreissen von
Haaren [144]) oder Ausstechen seiner Augen [145]) martert. Selbst
ohne Verschulden werden die Boten IV zuweilen misshandelt,
besonders in den Fällen, in denen durch sie Tribut verlangt
wird. So werden den Tribut fordernden Boten in Gaufrey
Zähne und Bart ausgerissen [146]). Andererseits sind die

---

[141]) Ot. 67 ff.: Ne te salu, k'à dreit faire nel dei, Forfait en es
vers Mahum et vers mei; Cil te confunde en la ki lei jo crei, Et tuz
ces altres qui sunt envirun tei Et ton nevu Rollant, que jo ci vei.

[142]) Gayd. 3608: . . . . prinst .I. rainscel d'un pin, Au roi le giete,
puis dist en son latin Je vos deffi . . . . . .

[143]) G. l. L. I. p. 213, 4: Vous i. avez menti.

[144]) Gaufr. 2771: Venus est à Robastre, par la barbe le prent,
Siatiré la barbe envers li si forment Que C. peus en a trait à li en
un tenant.

[145]) Aiol 4085: A lor trenchans coutiaus d'achier brunis Li
copassent le nes enmi le vis Et creuaissent .I. oel por lui honir. Entr'eus
se fiert Aiols, si lor toli, A son ostel l'en maïne, si l'a gari.

[146]) Gaufr. 10665: „Prenés chest mesagier" (sagt Gaufr.) Maintenant ont
seizi et pris les mesagiers. Gaufrey fet à chascun la barbe roongnier, Et chascun une dent de la gueule sachier, Chascun comme convers fet entour
roongnier Leur cheveus et lor barbes et lor dens fet lier Es pans de
lor chemises lier et atachier Et si lor fet sus sains jurer et fianchier

Fälle, in denen ein Bote, der in seinen Reden sehr kühn
war und doch eine rücksichtsvolle Behandlung erfuhr, in
denen also gegen das Gesetz der Unverletzlichkeit nicht
gesündigt wurde, nicht vereinzelt.. Auf Seiten der Christen
und besonders bei Kaiser Karl und seiner Umgebung
finden wir den schönsten Charakterzug in Bezug auf Behandlung der Boten. So bestraft z. B. Karl die Boten in
Ot. 67 ff. und Aspr. p. 63, die ihn auf die rücksichtsloseste
Weise zur Leugnung seiner Religion aufforderten, nicht.
Eine Botschaft zu den Heiden wird, wie schon erwähnt, als
gefährlich angesehen, niemals jedoch eine Botschaft zu den
Christen. Alle anderen Boten, ausser die unter IV, erfahren
eine gute Behandlung am fremden Hof, sie werden entweder
sehr gut bewirthet [147]) oder doch ehrenvoll behandelt.

Als Zeichen der Ehre und dankbarer Gesinnung erhalten die Boten von ihren Herrn und nicht selten auch von
fremden Höfen Geschenke, theilweise als Belohnung für
treue Dienste, theilweise auch, um sie zur sorgfältigen
Erledigung ihrer Botschaft anzufeuern. Die Boten unter
IV erhalten nur von ihren eigenen Herrn Belohnungen.
Diese Geschenke bestehen in Gold, Silber [148]), Ringen [149]),

---

Que à Kallon diront le fort roi et le fier, Que en despit de li les fet
si atirer El que ch'est le quevage que li doit envoier, cf. Ag. 1053 ff.
[147]) Ren. Ms. A. 53 b2: Il le commande ceer si ad le vin
demandez E li servant en vont sin porteut a plentez Ke vos dirai io plus?
ceo fu la veritez Ke ben fud li garz icele nut conreez. Berta 375:
Un disner el fi fare molto richo e grant qui' mesajes si li fu al
presant, Honore fu de molto riche provant Li qe molto le loent li
anbasaor de Franc. 449: Li mesaçer honorò riçemant A lor delivre ço
qe quer e demant Et si le foit hostaler riçemant De tote quele colse
qe a çenti hon apant.
[148]) Gayd. 192: Amis, dist Karles, bien fait à atroier, Le matin
soiez à mon appareillier! Se sers por armes, ferai toi chevalier, Et se
tu iez sergans d'autre mestier, Tant de donrai et argent et or mier
Toz tes lignaiges i aura recovrier. G. R. M. p. 251, 25: Al messatge
donet d'aur son pesan. Rol. 75: Je vus durrai or e argent asez. Teres
e fieus tant cum vos en vuldrez.

Pferden[150]), kostbaren Kleidern[151]), Waffen[152]), Schlössern und Gütern[153]).

Die Boten machen sich im Allgemeinen äusserlich auch als solche erkennbar und bedienen sich zu diesem Zwecke der Lanze, deren Spitze sie als Boten gegen sich gerichtet tragen[154]). Die Friedensboten tragen anstatt der Lanze oft auch einen Olivenzweig[155]) als Symbol des Friedens in der Hand. Diesen Olivenzweig finden wir bei christlichen und heidnischen Boten. Auch werden zuweilen Fichtenzweige

---

149) Aspr. p. 55, 6: Un rice anel li vayt el doy ficer. Berte 1496: Les messagiers donnerent chevaus et palefrois Avoir et grant richeces orent tou ta leur chois. cf. Aspr. p. 78. G. l. L. I. p. 245, 16: Et li mesages est de lui departis, Begons li donne un bon cheval de pris, Bien vaut vint libres de deniers parisis.

150) Gerb. d. M. p. 499: Et la roine . . . Qui li envoie mil libres d'eterlins Gibers li donne .I. bon destrier de pris.

151) A. B. p. 149, 22: Toutes les dames, chascune qui la fu, Li ont donés dras de soie ou bouffu.

152) R. C. 5652: Je te donrai XX livres de deniers, Preu i aras qant l'amor i porquiers Je te donroi .I. bon corant destrier Et beles armes et escu de quartier, Por cest mesaige te ferai chevalier Ainçois qe past .I. tot seul mois entier. 5662: Lors ne plaint pas ne l'argent ne l'or mier Q'ele ot donne au cortois mesaigier.

153) Aiol 4663: Se dameldex che done, que vous sains repairies, .IIII. chastieus en Franche vous donra jo en fief. Ag. 1048: Il (Karl) m'adouba si me fist chevalier. Un poi de terre me dona avant ier, Si me dorra encor li roi mollier Por ce voiage don ie sui messagier. Devant n'avoie valissant un denier. F. C. p. 105, 18: Chevalier vos ferai ains que past le tiers dis. Tant vous donrai de terre' que vous seréz en pris.

154) Enf. Og. 2060: Et la raison pourquoi on counoissoit K'ert messagiers, c'estoit ce qu'il portoit Devers le fer sa lance et paumoioit; Qui en tel point ert vraiement savoit Que de nului jà garde n'i aroit. Enf. Og. 4460: Messagier samblent, car les fers acerés De leur espiez ont devers aus tornés. R. C. 3260: D'esploitier sa besoigne durement se hasta, Le fer de son espiel par devers lui torna Ce fu senefiance que en message va.

155) R. M. p. 37, 6: Porterent rains d'olive, cest senefiement De pais, d'umilite, que il la vont querrant. Rol. 72: Branches d'olive en voz mains porterez.

erwähnt, sie bedeuten Freude[156]). Bei den fordernden Boten begegnen wir auch dem Stab[157]) und dem Handschuhe[158]), den der Absender eines Boten von der rechten Hand abnimmt[159]) und in die rechte zu geben befiehlt[160]). Den Handschuh zeigen bedeutet Unterwerfung, den Handschuh werfen Herausforderung, und den Stab überbringen jedenfalls Aufforderung zur Unterwerfung oder Anerkennung der Oberlehnsherrschaft. Als Zeichen friedlicher Gesinnung nehmen die Boten mit friedlichen Aufträgen auch Falken, Habichte, Sperber mit[161]).

Neben den mündlichen Botschaften nahmen die Boten oft auch noch Briefe mit, gleichsam als Zeichen für die Wahrheit ihrer Botschaft. Solche Briefe nehmen Boten jeder Klasse mit. Dieselben werden erst übergeben, nachdem der Auftrag mündlich erledigt ist, gleichsam zur Versicherung dessen, was sie vorgetragen haben. Die Briefe sind mit Wachs versiegelt und tragen das Siegel des Absenders. Sie sollen mit der rechten Hand, wie der Handschuh, in die rechte gegeben werden. Besonders werden Hülfe suchende Boten mit Briefen ausgesandt[162]). Der Inhalt der Briefe stimmt

---

156) R. M. p. 383, 26: Chascuns porte en sa main .I. rain de pin petit Ce fu senefiance de joie et de delit.

157) Rol. 2679: Si li portez cest bastuncel d'or mer E a mej vienget reconneistre sun fieu. C.L.2359: Entre ses poinz un bastonet enhaste.

158) Rol. 2687: Lun port le guant, li altre le bastun. Rol. 281: Si recevez le bastun e le guant. R. M. p. 11, 8: Or li dones errant le gant et le baston.

159) Rol. 331: Li empereres li tent sun guant le destre.

160) Rol. 2677: Si l'en dunez cest guant ad or pleiet El destre puign si li faites chalcier.

161) Aym. 45, 44: Li XX plus viell que je vous ai nomme Chescun portait un ostoir mue . . . . Et tint chescun un bel faucon mue Et li XX joesne bacheler redoute Chescun d'euls a un espervier porte. Gayp. 8709: Son palefroi fist panre a .I. garson Et l'esprevier li a mis sor le poing.

162) Ren. Ms. A. 57b 15: Faites brefs escrivre, puis les enselez A reis Yeus de Guascone apres les enveez K'il vos venge sucurre ico le mandez E as quatre fiz Aimon li pruz e li senez.

meistens genau mit dem Auftrage überein, oder er hat mit
dem Auftrage überhaupt nichts zu thun. Die Briefe werden
ebenso treu übergeben, wie der Auftrag erledigt wird.
Unter die Zahl der Boten hat man auch die Spione zu
rechnen, da das altfranzösische Epos sie sowohl „mes" wie
„espie" nennt. Dieselben haben vollständig den Charakter
eines Spions. Wir erfahren von ihnen weder etwas über ihre
Rüstung noch Kleidung noch Waffen, noch etwas über das,
was andere Boten charakterisiert. Als Spion wird meistens
nur ein Einziger ausgesandt. Sie gehen des Nachts aus, wo
es nothwendig erscheint, verkleiden sich und handeln wie
es Spione zu thun pflegen.

Es wird ersichtlich sein, dass das altfranzösische Epos
den verschiedenen Boten Charaktere gegeben hat, die es
nöthig machten dieselben zu klassificieren. Innerhalb derselben Klasse zeigen die Boten in ihrem Charakter oft auf-
fallende Aehnlichkeiten und doch lässt sich keineswegs aus
dieser Aehnlichkeit auf ein Verwandtschaftverhältniss von
verschiedenen Epen schliessen.

Lebenslauf.

Ich, Wilhelm Fischer, wurde am 26. März 1860 als der Sohn des Ziegeleibesitzers Heinrich Fischer zu Bischofsheim bei Mainz geboren. Den ersten Unterricht empfing ich in der Schule meines Heimatdorfes. Sodann besuchte ich das Realgymnasium zu Mainz, das ich Ostern 1879 verliess. Ich widmete mich dem Studium der neueren Sprachen, brachte die drei ersten Semester in Giessen zu und bezog Ostern 1881 die Universität Marburg, bestand daselbst am 14. Juli 1885 das examen rigorosum und fungirte dann ein Jahr als Lehrer an einer Schule in England. Meine akademischen Lehrer waren in Giessen die Herren Prof.: Lemcke, Pichler, Oncken; in Marburg: Stengel, Vietor, Lucae, Justi, Varrentrapp, Lenz, Westerkamp, Cohen Bergmann, und die Herren Privatdozenten Dr. Sarrazin, Dr. Koch und Dr. Stosch. Allen diesen, vorzüglich Herrn Prof. Dr. Stengel, spreche ich hiermit meinen besonderen Dank aus.